U0568373

# 上海
# 江苏路
# 往事

黄石——著

文匯出版社

# 序言

我要写江苏路。

一条上海市区偏西的南北向马路。如果不是 80 年代开始的城市超规模扩张，它一直列在西区的范围。

回想起来，它是我童年的肥皂泡，幻彩诱人而不能持久。

它是我手中的掌纹，我熟悉它不可解读的路径和扭曲。

它是我大脑沟回里的刻痕，植入我的意识深处。

它的前世有一个洋名，像诞生时候上海那些体面的马路一样，赋予大名的是上海滩的外来冒险者。它形制平直，偶有曲折而略带婉转。12 米宽度保持到 80 年代。这是一个宜人的宽度，徜徉，踱步，不紧不慢，没有催促，容纳了太多的人，那些有故事的人，或横穿，或径直而过。

像电影里的淡入淡出，一百多年来，在江苏路出现过的人物，在一瞬间，都以魂魄的样子投射在我的宽屏大脑上，他们缄口不言，我从他们的步态里看出他们的遭遇与经历，夹杂着平淡，家常，荣耀，光鲜，委屈，无奈，得意，失意。种种人间意象，无一遗漏。

翻译家傅雷脚步踟蹰，他在江苏路上寻找贝多芬式的真勇主义。

十几岁的钢琴家傅聪踌躇满志，踏在50年代江苏路青砖斜纹的人行道上，仿佛一路都是阳光。

画家唐云移动身躯的步履，如宣纸上行笔，徐疾交错，骨子里是泰然。

更有一些奇特的人，民国女谍郑苹如，和生命告别的当晚，从江苏路北端一路向西，匆忙而又神情冷漠。

臭名昭著的吴四宝，江苏路东侧北汪家弄的地头蛇，因为有了日本人撑腰，在江苏路上骄横跋扈，气焰冲天。

香港明星萧芳芳对江苏路的印象是摇篮和蹒跚学步，沈殿霞（肥肥）则不同，她在江苏路上留下的脚步，是少女的轻盈和恣意。

有一些值得尊敬的人物，我难以揣摩她们在江苏路上的步态，她们包括宋氏三姐妹，市三女中的女校长薛正，女导演黄蜀芹。她们都和江苏路上市三女中偌大的草坪与恢弘的建筑有关。

还有一些留在江苏路上美丽的倩影，如风姿绰约的刘海粟第二任妻子成家和，让傅雷魂不守舍的成家榴，还有让情敌无颜逗留自行退却的朱梅馥，她们的每一张脸，想象中她们妖娆的步态，和我童年幻影中的江苏路高度契合。

当然，还有同龄的朋友，安徽无为插队的陈村，他从皖东平原带来黝黑的皮肤和紧实的肌肉，还有发亮的额头。他的诗歌和小说，连同他的笔记本，一起遗落在江苏路上。为此他有几个夜晚提心吊胆，夜不能寐。不能遗漏的还有小松、小真和我。我们的青春一度和这条马路紧密相连。半夜，我们在空无一人的江苏路上放声歌唱，好像整条马路仅仅属于我们。小松诗歌的第一句："我和地球一起醒来。"我们一起朗诵："太阳在照耀，它为我们燃烧……"

在江苏路上挥霍青春是值得的，那些历史上留下痕迹的人物，我们在江苏路上不期而遇，空间相同而时间错位，我不觉得有什么遗憾。

所以，我将如下文字留给读者。

2024 年 9 月 24 日

# 目录

## 十五

## 江苏路人物小传

# 引子

走啊，大路展开来在我们的面前了！那是安全的，我已经试验过，我的双足已经试验过，不要再耽延吧。（惠特曼）

我在江苏路边上行走，说得具体一点，是顺着一侧人行道由北往南踱步，想横过江苏路是困难的，川流不息的车辆，动物园笼子般的隔离带，足以警示你的步伐，这条通衢大道已经拉得够直，够宽，配得上这个讲究速度的时代。长宁路也不再是江苏路的端头，往北延伸的部分叫江苏北路，有人说，简称江北路或苏北路都不会将意思搞乱。江苏北路和曹杨路对接，苏州河以北的"浜北"地区，终于有了重要的南下出口。

如果我是一架无人机，在60年代的上海升空，会发现租界的遗留是畸形的，西区南北向的道路无一不是断头路，浜北是一个窒息的空间，是黑色苏州河阻拦的孤岛，曹杨地区的机动车到三官堂桥无奈止步，你必须走过古老的木桥，在供奉刘关张的三官堂前趸入小道，这时候有两种选择，往东穿过剃头店、香烛店、棺材店步行至曹家渡，才可以闻到闹市略带凌乱又活色生香的气息。要么，在南向棚户区迷宫般的小路里左突右拐，当你确认穷途末路之际，突然听到汽车喇叭声，眼前豁然开朗，江苏路突然呈现在你的眼前。

我依然戴着60年代的3D眼镜继续向南，在市三女中大门口稍作停留，白墙映衬一张张高蛋白多胶原的脸，那堵象征体面和简约的白墙，在江苏路拓宽的1991年化为齑粉，即使这样，女学生的脸依然是生动的，她们相互勾拢臂弯，格子布当年流行，衬托正在发育的背影，令人遐想联翩。一墙之隔的江苏路第五小学，每天早上重复一种有趣的仪式，当马路西侧准备入校的同学积累到一定的数量，值日生手里的竹制栏杆就会放下，江苏路此刻临时封锁，随着一连串的"老师早"，孩子们像气球般飘过。我有些恍惚，我是那个值日生还是忘记带手绢被拦在门口的倒霉鬼，或是看着女中学生发呆的油腻大叔。

我继续往南，我的前后左右都是故事，有些已经发生，有些即将发生。44路是江苏路上唯一公共交通，A3纸大小黄色站牌，蛇形曲线记录经过站点，曹家渡、中一邨、愚园路、延安西路、幸福村、淮海西路、交大、徐家汇、宛平南路、斜土路、中山南路、机场路、缝纫机厂、龙华。12米宽的江苏路，实在太窄了，44路两车交会的时候，乘客可以爬到对面车厢里去。柏油马路打满补丁，夏天大太阳下化成软泥，腾起一种焦煳香气。秋雨之下一个个小水洼，泛出汽油鬼魅的彩虹色。西侧人行道不足一米，靠近傅雷先生弄堂，人行道青砖人字形铺砌，旗袍女子施施然经过，没有一点违和感。

还未到愚园路，一座巨大的变电站，四四方方像一个四五层楼高的石佛，庄严而带一点神秘，24小时发出低沉嗡嗡声。这样的变电站在静安寺长宁冷库对面也有相同的一座，是租界时代的遗留，现在都已经消失不见。距变电站南向五十米，曾经有一个"小额贷款"为名的当铺，三开间门面黑咕隆咚，不要以为当铺1949年以后消失殆尽，60年代初期当铺生意尤其兴盛，逢年过节长龙排到隔壁弄堂里，节前西装手表拿出来，节后放进去。一直到60年代后期，"小额贷款"关门，大量存货无人赎回。

我的60年代3D眼镜，本章节不会摘下来。

我喜欢愚园路口东南角的五丰油酱店。汉字是一种好玩的文字，卖酱油的叫油酱店，卖缆绳的叫绳缆店，卖瓦缸的叫缸瓦店。喜欢五丰是因为它浓郁不散混合酱菜、腐乳、老酒的香气，所谓醪糟气，打通我上焦中焦下焦所有通道，勾引出"困难时期"我对食物的疯狂渴望。金宇澄老师在他的不朽作品《繁花》中，有过这样神形兼备的描述：

营业员手一扳，转过柜台，竹壳热水瓶摆到绍兴酒坛旁边，漏斗插进瓶口，竹制酒吊，阴笃笃，湿淋淋提上来，一股香气，朝漏斗口一横，算半斤。

我怎么写不出这样简单又活灵活现的文字。（五丰在1947年的上海百业指南上就有了，简约的四个字——五丰酱园）五丰要排队，三个营业员三支队伍，马路抬高后，五丰的彩砖地坪非常低，大雨倒灌，晴天亦如水塘，踏一块跳板，在我眼里，实在是好玩。隔着玻璃，酸辣蒜头，妙不可言的霉麸，红红绿绿酱菜丝，加上收音机里评弹腔"我失骄杨君失柳"，成为我少年时代大脑刻痕。

五丰对马路，西南角是新履鞋帽店，有一个嘴唇丰盈的女营业员，中式棉袄罩衫，一条丝巾，领口前结成两片花瓣，符合我当年审美，我应该叫阿姨，起码叫大姐姐。报纸上公布，某月某号开始，鞋子将凭票供应，母亲当晚匆匆忙忙拉我去新履，买下一双打折皮鞋。没看见女营业员，我有一点点失落。

西北角中药店人寿堂，橱窗里有虫草蛤蚧展示，此类干巴巴死尸一样的东西，引不起我任何兴趣，倒是有一味药橄榄，五分钱若干枚，入口有甘草味，橄榄核吐出，未着地之前，踢毽子办法，一脚踢到马路中央。中药店西侧一墙之隔，就是令我垂涎三尺的美康食品店，路口唯一有霓虹灯的店面，饼干糖果四个字，绕两根 S 形的线条，金灿灿香喷喷的美康，是对我灵魂最终的救赎和打捞，是即将沉没的梅多萨之筏，发现了海平线一端的桅杆。我幼年的最高理想，就是有朝一日，在美康随便买，随便吃，左一口蛋糕，右一口巧克力。当然，我不能将我的崇高理想，写在老师布置的作文里，按照既定公式，崇高理想应该当一名发明创造的科学家，或者是救死扶伤的医生。

江苏路愚园路口环视，只留下乏味的东北角了，除了有一

70 年代中期的作者（左）与陈村

个邮筒，一个书报亭坚持到最后，偏东一块空地，做过花鸟市场、小吃店、超市，城头变幻，都没有什么值得记取的东西。留给我温暖感的是绿色铸铁邮筒，夜幕降临，我学医的女朋友，上完解剖课，发梢脖子福尔马林味道萦绕，邮筒后面绕过来，投入我的臂弯里，狭窄的路口，顿时开阔无比。我问她，感觉怎么样，她轻声回答我，今天解剖一条老人手臂，肱桡肌部分，正是我搂紧她那一段，我眼前的路口，即刻又回到本来模样。

江苏路愚园路口，指挥交通老警察，山东口音，一脸绛紫色，以他站立的位置为圆心，五百米的半径里，聚集几十个中国历史上赫赫有名的人物，导弹之父钱学森，翻译家傅雷，指挥家黄贻钧，大律师沈钧儒，作曲家黎锦晖，黄埔军校副校长李济深，十九路军蒋光鼐，大银行家周作民，钢琴圣手顾圣婴，大画家唐云，晚清改良主义代表人物、戊戌变法重要角色之一康有为，小说家施蛰存，可谓灿若星辰。还有大汉奸汪精卫、周佛海，76 号杀手丁默邨、李士群……来不及一一细述，为数众多的实业家、老板、演艺界人士，中小文人不计其数。以中国之辽阔疆域，还找不出第二个路口，有如此众多大腕居停。

除此之外，隐秘在这一带的大家族，支持孙中山的卢家，与宋庆龄、廖梦醒来往密切的高家，以实业闻名的严家，都低调为人，其后人大多星散海外，在此不提。

我是不习惯报菜名般的贯口，将名人一一数来，用这些来证明江苏路一带人杰地灵，如同翻来覆去的四大发明一样，只能证明你现在实在掏不出什么东西。

我的 60 年代 3D 眼镜安稳架在鼻梁上，刚刚经过愚园路口，江苏路西侧，始终让我留心的是两个截然不同的门洞，歪歪斜斜临街矮平房，一个是专门给死人画像的画店，一个是黑漆漆的废品回收站。画店主人手艺不错，在我有限的图像经验中可谓惟妙惟肖。某一年，中国乒乓球首次夺冠，不出一周，画店挂出庄则栋、李富荣一众运动员炭精擦笔肖像，各个神采奕奕，给缺乏偶像崇拜的我以双重震撼，一是画画，二是乒乓。童年的我甚至认为，这两件事情就是我未来的光辉道路。主人是一个面色凝重的男子，他对长时间趴在窗口的我，投来鄙夷的眼光，然后不耐烦的一连串"去，去，去"。他后来娶了我们民办小学的代课老师，住镇宁路矮平房，一个智商中偏下的女人，一次语文课，黑板前的她开始肚子痛，站姿都不对了，脸色由红变白，速度之快，十足动画片。后来听她和其他老师解释，吃了隔夜咸蟹。

隔壁废品回收站，简陋写字桌后，坐定同学母亲，刀刻面孔，颧骨有一小块明显青色。霉潮气味，夹杂旧报纸油墨味道，让面无表情的青面孔，更灰暗。一边把秤的工人，也像灰里捞出来。一沓陈年的《少年报》递上，把秤的报数，青面孔把纸币和角子拍在桌子上，一角三。

青面孔和我家住一条弄堂，一栋别墅二楼一组很好的位置，家里挂的字画有古意。她老公仿佛无所事事，收音机里评弹，苏白悠扬，开得很响，老头有空戴一副皮手套，弄堂绿化处，旁若无人，练一套极慢的太极拳，慢得似乎凝固，一个飘在空气里逐渐凋零的雕塑。

特殊年月，有人冲进弄堂，寻找被贴上资本家、反革命标签的人家，翻箱倒柜。老头忙不迭去迎接，引导杀气腾腾戴袖章的人，指引哪家哪户，他不是治保委员，又非居民小组长，此举有些异样。终于有一天，老头被另外一群戴袖章的人拎出来示众，站在木椅上举起双手，从此老头一蹶不振。我不知道他的小女儿——我的同班同学，当时是怎么想的。小女儿曾经非常决绝地对我大声斥责："你爸爸是右派，你爸爸是右派！"我非常气愤，告诉老师，老师微妙而含蓄，朝我笑笑。

江苏路豪宅和简陋平房鳞次栉比，废品回收站对面，仅隔开一条马路，一栋典型大宅紧贴五丰油酱店，门牌号365～367，现已不复存在，1991年后没有留下一寸钉子。这里的一楼，曾经是长宁区图书馆，二楼以上是努力沪剧团。大宅的南向有一大块空地，按照豪宅格局，原本应该是一片绿地，我看见时，已经被水泥封平，沪剧团美工手持滚筒描摹舞台背景。当年也有零星群众文艺活动，涂脂抹粉，行头整齐，在空地上演唱："官人好比天上月啊，为妻可比月边星，月若明来星亦亮，月若暗来星也昏……"类似认认真真幽幽怨怨的唱腔，很得市民喜爱。

图书馆是旧时大客厅，高轩敞亮，五级石砌台阶，花地砖露台。我办过一张阅读卡，实在没有什么书可供阅读，还不及我家的藏书，除了那本《赤脚医生手册》，只因为有一幅振聋发聩的插图。

图书馆向南几步，江苏路人行道突然毫无征兆凹进去一大块，让出一块小小的空地，有人唱滑稽兼卖褪色灵，有人设摊，转轮盘，指针刻线，可赢香烟、糖果种种。我挤在人群里，紧盯轻易便可得手的奖励，捏紧手里五分硬币，捏到出水，差一点上当。也有人拖来一只猴子，表演大圣，脏兮兮褪色马甲，乱七八糟雉鸡羽顶戴，那猴子东张西望一点没有大圣样子，反而像娄阿鼠，最后讨钱，围成一圈的人一哄而散，眼看耍猴人恨恨地抽打猴子，猴子躲闪不及，一缩一缩的，我莫名替猴子难过。

一边大饼油条摊是固定的，常住江苏路附近的人，一定记得有一个漂亮的苏北女人揉面，皮肤白皙，金耳环金手镯，伙计之间苏北话开玩笑，也许是吃豆腐，女人抓起干粉甩过去，中招伙计大花脸还在笑。女人又狠踹一脚，伙计大叫："妈妈哎，晚上么得用了！"引得排队人大笑，我不解，和晚上有什么关系。

我经常到这里，是因为有一家店卖蟋蟀盆，也卖装蟋蟀的竹筒、网兜和丝草，本弄堂的各家花园里，蟋蟀又大又狠。弄堂里外号"老比洞"一家人，以前都是玩虫高手，斗虫斗月饼，一输一赢就是几十盒。输掉的蟋蟀当场摔死，赢的放生在花园里。我家花园的蟋蟀也够凶狠，藏匿于砖块之下，天凉时节抓几枚，与"老比洞"比赛常有胜绩。五年级时候，我一篇

江苏路愚园路口五丰油酱店，后改名。其后的两栋建筑今已不存

从月邨眺望江苏路，可以看到后排的忆定邨。前排的简屋已在马路拓宽时拆除

抓蟋蟀作文深得老师喜欢，不但上课老师当众朗读，还传到其他班级去。

每天上午九点，大饼摊只剩下几根冷油条。漂亮的揉面女人一边剔牙，一边数纸盒里钱款，纸盒已成古董，捏得出油。和我一样，她对身后一条短短弄堂的历史一无所知。弄堂旁有一个织带厂，生产裤带、松紧带，谁也想不到，甚不起眼的江苏路389弄永乐邨21号，是中共在上海的神经中枢，1947年后成为党中央派驻上海的秘密领导机关，管辖长江流域、西南各省及平津部分党的组织与工作。一对年轻夫妇，西装旗袍，女的齐肩波浪，蛾眉淡扫，进出弄堂少爷少奶奶派头，身上具备上海滩一切流行要素。男的叫方行，女的叫王辛南，对外男的是关勒铭金笔厂股东，女的做医学化验，两人很快就顶下了这栋小楼，这对夫妇的三楼房客，才是真正的大领导。经常上门的有刘晓、钱瑛、刘少文、张承宗等。当时的情景，可以通过电视剧补充。

江苏路拓宽以后，大饼摊永乐邨没有留下丝毫痕迹，唯一保留21号，在新建大楼包围中供人瞻仰。前后左右的南货店、煤球店、绸布店、水果店，还有代煎中药，三开间门面的一家，统统不复存在。此前，江苏路这一段，常年飘散浓烈汤药气味，熬制中药作坊，一整排煤气灶头，深褐色中药药汤，灌入旧式保温杯，玻璃瓶胆铝壳，缩小版热水瓶，快递前辈骑自行车，按时送达病家。把药渣倒在地上由人踩踏的陋习，由此减少些许。

再往南几步就是诸安浜，一条带鱼腥和水果腐烂味道的小马路。

早在1906年，拖着长辫子的民夫招来，在西人指挥下填浜筑路，江苏路（忆定盘路）将诸安浜一刀两断，分为东浜西浜。东西两浜各有历史悠久的老洋房，和本来的平房犬牙交错，唇红齿白翩翩少年汪天云，住在东浜口一栋洋房里。特殊时期，他喜欢穿军装，既有高干子弟的威武，又有上海佳公子的潇洒。中年后，他负责电影创意什么的，我当报社编辑，汪天云经常赐稿。东浜1932年被填平，西浜残喘于1953年填没，露天菜场由此形成，一把把黄蜡蜡桐油大阳伞撑开，菜贩和主妇们讨价还价热闹非凡，在什么都要凭票，什么都要排队的时代，一块石头、一块碌砖、一只破篮头也算位置的蛮横故事，同样发生在诸安浜。

寒冷的某一天早上，江苏路上人迹稀少，唯诸安浜一侧人声鼎沸，盼了一年，年货开售，终于有了香瓜子、小胡桃、冻鸡、冰蛋。老老少少被上海民兵驱赶成一条长龙，紧贴街面门板。纠察队伍中，我发现，原单位木工潘乐愉，一身上海民兵军大衣，撑开他近40岁干瘦苍白少爷身体，手持有线话筒，站在国产212军用吉普车旁，车顶两个大喇叭，标准国语，放大至震耳欲聋程度。潘乐愉在木工车间有钉子都敲不来的美称，有人要外借，主管求之不得。此时，他既警告又安抚一众排队的市民。什么什么"欣欣向荣，蒸蒸日上"在寂寥的江苏路上回荡。日后，潘回原单位，一碰面，我就说：朋友，欣欣

江苏路 796 号，曾是麦加利（渣打）银行襄理的住所，英式别墅，三个红砖烟囱，棱角分明，南端带一个大花园

向荣，蒸蒸日上。潘回答：小赤佬。

西浜一片黑压压矮平房，四通八达，小弄堂进去，有找不到来路的可能。这里有两个初中同学，曹亚中，瘦而黑，一年四季口角炎，B族维生素缺乏者，外号"毛乌"。乒乓打得好，在学校预备队练球，有机会和学校第一美女倪秋琴对练，遂有"毛乌——倪秋琴"这样的起哄。倪秋琴高挑个子，瓜子脸，游泳头，青春洋溢，绝对看不出，住长宁区顶级棚户区427弄，远近闻名一枝花。现在想起来，毛乌和她练球，一派绅士风度，捡球这样的事情，毛乌一直冲锋在前。不知为何，毛乌一定要送我一块青田石雕，粗糙无比的东西，一边插火柴盒，一边插香烟，初中生偷偷抽烟的例子不少，毛乌也抽，西浜小店里，香烟可以论支买，比如两分三支。1967年底，毛乌在行将毕业时候，突然不来学校了，说是顶替父亲在国际饭店开电梯，引起一阵羡慕。好几次经过国际饭店，我都朝东门电梯位置张望，希望看见毛乌身影，说不定还可以蹭到什么外快，一直没有发现，令我大失所望。

另外一位住西浜的女生，至今想不起她的名字，矮个子，永远一件褪色的蓝布罩衫，功课不灵。一天，发现她坐绸布店门口矮凳上，狭窄上街沿放一只骨牌凳，上面四只玻璃杯，卖茶水，茶汤微黄，盖一块玻璃片，可见家庭经济拮据。她大概是发现马路对面的我，一下子局促不安起来。手肘磕在膝盖上，手掌遮住半张脸。后来，课堂里我问毛乌，毛乌对着她叫了一声"茶吃哦茶，一分一杯"。叫得很大声，她肯定是听到了，我看她眼神平静，没有任何要遮掩的意思。

江苏路上，比较平民的是五龙池浴室、老正兴饭店。每到夜晚，五龙池三个字球灯亮起来，在我印象中，浴室拖鞋腻滑，毛巾拉出棉絮，池水浑浊不堪，招呼客人叉衣服的伙计倒是勤快，客人抛香烟稳稳当当接住，这是特长，嘴里叫着有了有了。五龙池有一支舞龙队，节庆里就在江苏路愚园路口献技，1959 年和 1965 年，组织游行队伍，五龙池出足了风头。

五龙池女子部永远排队，春节前从弄堂里拖到江苏路上，女人们一包毛巾肥皂加替换衣服，和男人一样，小窗口买竹筹，据说龙头要抢的。然后零零散散出来，面孔红彤彤头发湿漉漉，总算完事。

1975 年，外婆离世后，没有人和我一起生活，距离外卖诞生还有三十多年。为了吃饭，到处混，去江苏路延安西路口陈村家，肯定有好吃的，他家是回民，有牛肉票，伯母仁慈，纵容了我"面皮牢牢，肚皮饱饱"的习气。

去老正兴饭店，是有了女朋友。吃到服务员都认识，知道我们一定坐二楼临窗位置，永远是两个菜，一碗饭。那时候老正兴改名春来饭店，客人不多，姓虞厨师是小学同学的哥哥，一次居然把变质鳝背，加了很多重口味调料送上来，被女朋友退回，姓虞的也识相，换菜。女朋友认为我的消瘦，经常胃不舒服，就是因为瞎吃八吃。我不知道，她是希望我立刻告别单身，娶她为妻，还是真正关心我的胃。

这个恋爱故事不算曲折，很多年以后，她成了我的老婆，又过了很多年，老婆临盆，也是沿江苏路，一路自行车推过去，产院在江苏路延安西路口，毗邻达华饭店。记得那是夏天，夜晚燠热无比，江苏路中段，左右上街沿都是竹榻、竹床，摊睡男男女女。也有人一边挖脚趾一边摇葵扇，夜猫在房脊上瞪大眼睛。

继续往南，江苏路进入有名的"忆定邨""月邨"范围，一条新式里弄，一条花园洋房弄堂，被江苏路隔开。忆定邨名字来自江苏路的本名忆定盘路，原本，忆定邨并不暴露在江苏路上，沿街一排店面，遮挡忆定邨真容，卖五金油漆，配钥匙，换铝锅底的作坊，乒乒乓乓热闹。铝锅换底好比太空舱衔接，不透气不透水抗压力，把一块铝皮敲得延展开来，弯曲成盘状，与烧穿的旧锅子紧密结合，匮乏时代生活方式，和补坏套鞋，给自来水笔换胆，给圆珠笔芯注油一样，为现在年轻人所不解。

80 年代，忆定邨门口曾经出现过一个卖烤鸭的摊位，玻璃罩里，酱色烤鸭整整齐齐。后面站一位帅气十足的老板，当年国家篮球队大名鼎鼎的蔡国强（与烟火大师同名），他的太太是昆曲名家张洵澎，儿子是著名芭蕾舞演员蔡一磊，蔡一磊的芭蕾舞成就，非一般演员能够比拟，曾获洛桑国际比赛金奖，被英国皇家芭蕾舞团招募为首席独舞演员，苏格兰国家芭蕾舞团首席演员。蔡国强为什么离开新苑宾馆经理的位置，摆摊卖烤鸭，不得而知。

马路对面月邨，一栋栋西班牙风格双拼花园洋房。月邨外原来有一小块空地，爆炒米花的、摆气枪摊的、摆套娃摊的，都会抢在这里做生意。后来成为音乐家的陈泓，我的小朋友，住其中84号，他自我介绍，"我爸是反革命"，如同四十年后的"我爸是李刚"。陈泓将判决书从贴身口袋里拿出，像掏出一件令人羡慕的宝物。他父亲是射击运动员，曾经获得全国冠军，因为对"红都女皇"出言不逊获罪。陈泓除了音乐天才，还秉承其父的射击本领，气枪打麻雀得心应手，一个晚上上百只麻雀不在话下，在缺少蛋白质的时代，和红烧肉一起煮，可以解馋，再叫上几个会揶揄头面人物的朋友，70年代初期的所谓聚餐，其实非常危险。

江苏路拓宽，月邨的临街房屋劈去一半，双拼洋房像半个西瓜似的，瓜瓢外露，用高墙补上，月邨于是风格大变。陈泓父亲一间储藏室也因此劈除，那里有大量的五金工具和机车零件。据现在网上的说法，市政方面，为了保留对面忆定邨的建筑，把江苏路的红线向西挪动若干，月邨于是领受这一份截肢手术。

月邨有许多有趣的故事发生，有些离奇，有些惊心动魄。最为轰动一时的，就是王安忆小说《长恨歌》女主角王琦瑶的原型蒋梅英的真实故事，香艳、残杀等元素齐备，留待以后章节细述。

我乏力地沿江苏路再往南，离开延安西路口陈村的家还有一段距离，我的叙述一下失去了目标，只记得两侧房屋歪歪斜斜，工厂车间和民居错杂，刻图章的店，茶叶店缩在路边，卖缸碗竹木制品的店，倒是张扬，晾衣服竹竿叉在路边，藤拍和洗衣板摊在上街沿。附近弄堂有个女孩成为同事，不能看她笑，笑起来鼻翼两边的皱纹一起挤向鼻梁。还有一个曾经的同学邵国良，外号蒸笼头，地包天面相，一整天不讲一句话，上课老师提问，一问三不知，整个脑袋大汗淋漓，冬天能冒热气。

陈村提醒，江苏路近延安西路还有一家饭店老隆兴，的确，和老隆兴形成犄角的，一家规模不小的食品店，旁边的熟食店，卖红肠猪耳朵，白衣服白帽子的阿姨是同事汪巧巧的母亲，面相周正，和蔼可亲。老隆兴是江苏路上唯一有点规模的饭店，70 年代后期，办喜宴，流行新郎新娘门口迎接客人，路过的 44 路，一车厢脑袋伸出来看西洋镜。

一般优秀的男人和男人认识，中间一定有一位美丽的姑娘。我和陈村认识的模式大致如此。如果有人提出异议，我们就算是相对优秀的，或比较优秀的，再降低一些吧，傻子里不那么傻的。那时候，我能够接触到的文章就是批德彪西，批无标题音乐，批正义冲动论，批中间人物论，批战争恐怖论，批人性论，批爱与死是永恒的主题论……我开始觉得这个世界所有被批判的，都是有待去了解的，如同江苏路为什么北头可以扩展过去，而南头万万不能。

我踏上陈村家的楼梯，进入他二楼朝南阳光灿烂的客厅，他刚从插队的安徽无为回上海小住，他有好几个姐姐，都非常宠他，他带来刚刚完成的电影剧本和诗歌，他黧黑而健康，额头皮肤绷紧，牙齿显得特别白。我们开始相互嘲笑，这是一种互相认同的方式。

江苏路依然是狭窄的，陈村在他日后最精彩的小说《死》里写道：

我心事重重地走进狭窄的江苏路，车流和人流曲折奔来。路旁的平房软弱地趴下，废墟瓦砾遍地。

隐隐嗅到死亡之气。

暮春的阳光照着灰色的街，照着服饰斑斓的女人。婴儿的前额泛着金色。行道树挺拔茂盛又不失新绿。路边缺乏肃立的废物箱。

阳光公然将我射穿，将我照射成一个透明体。低头看了一眼自己，我留意到心脏的正中淤积着一块墨黑的污迹。

他的暗黑风格持续了很长时间。偶尔摔跤比赛，他屡次将我打翻在地。

农村劳作辛苦异常，他伤痕累累回到上海，病得厉害，医生要求天天打青霉素，我让邻居孙大平帮忙，两天以后，孙大平姐姐找我，责问说，孙大平青霉素过敏，怎么能让他去替人打针。我愕然又无法回答。回头找路口电力医院张邦熙，也是邻居小朋友，总算搞定。陈村后来被安排在生产组，一批阿姨妈妈，做纸盒，他和另外一位小青年是里面不二双雄，台面上折纸盒，台面下一副纸片手绘棋局。

从江苏路小弄堂通向曹家堰，拐几个弯就可以找到生产组，低矮潮湿，纸盒铺天盖地，无处落脚。这一带，现在算是高尚社区，老房子早已不见踪影，连陈村的老家都被一片绿地替代。

谁还记得44路车站旁烟纸店的老头，一脸弥勒佛笑容，冬天一顶罗宋帽，柜台是木头嵌玻璃的老古董，身后一台可口可乐旧冰箱，繁体字，油漆剥落，在可口可乐尚未再次进入中国前，绝对牛。

江苏路延安西路西侧三条弄堂，原外国银行专为职员建造的新式里弄，弄堂还算体面，中产标配，和忆定邨一样，也有集中的联排车库，这些车库后来都塞满人家，又因为空间有限，洗衣晾衣需要水池晾衣架，一概朝外发展，弄堂成为彩旗飘飘水滴飞扬的世界。尽管如此，东侧的曹家堰，属于鄙视链的下端。

现在想想，能够将江苏路延安西路叫成忆定盘路大西路的人，大多已经作古。如果穿越到80年代初期，陈村已经从上海师范学院毕业，他的小说散文引起文学界的瞩目，他被作协"招安"，成为"文革"后第一位专业作家，从此不再上班打卡。每当黄昏，与他家形成对角的食品店，收音机开得炸响，罗马尼亚电影主题音乐，在人车拥挤的路口回荡，一瞬间，江苏路变成了黑海的碧水蓝天，康斯坦察造船厂厂长，策马奔驰在白浪沙滩之间，电子合成器高音，如女人兴奋的尖叫。这是80年代初，上海工厂里最普通的小青工，说不定可以和你谈谈巴尔扎克，谈谈奇普里安·波隆贝斯库，谈谈存在主义，他们会哼出那段音乐。

再回过头去，把时间穿越到1938年8月13日，正值八一三日本挑起战事一周年，也是在陈村家门口，当年的文汇报记者报道：

> 忆定盘路大西路口出现三个日本便衣，开枪威胁各商店除下所有国旗，并捆绑两华人推入汽车，租界巡捕见状，即上前交涉，迫使对方放人。

什么样式的国旗，什么样式的巡捕，曾经使我十分疑惑。

我在历史的回顾中缓过神来，属于江苏路南段最体面的豪宅，当属麦加利（渣打）银行襄理的住所，江苏路西侧，796号。英式别墅，三个红砖烟囱，棱角分明，南端带一个大花园，非常显眼。据考，此楼建于1910年，至1963年，麦加利银行交出产权，一度成为乳房疾病防治所，房地局职工医院，现在成为华山医院一部分。花园不可挽回地成为硬地，原本疏朗的空间到处是粗鄙的建筑，如同一个大家闺秀落在娘姨堆里。再南就是上海铱粒厂，据说生产铱金笔的笔头。再越过一栋 Art Deco 的 Stream Line 风格建筑，到卫校，江苏路就到

江苏路上的年轻人，左起，前排素素、小真、小华，后排陈村、小松、黄石

江苏路 389 弄永乐邨 21
号，解放战争时期成为中
共中央派驻上海的秘密
领导机关，管辖长江流
域、西南各省及平津部分
党的组织与工作

头了。

斑斑点点，基本已无迹可寻。


我要重点提江苏路南端，是因为朋友小松就住在附近，他是我、陈村青春三点一线的一个支点。

小松是一个聪明人，如果想和他斗嘴，哪怕你辩论赛得奖，也必输无疑。家庭原因，60年代小松十几岁便被归为黑帮子女，当年插队在安徽来安县大英公社大李冲生产队。我曾经三次去安徽他的落户点，长途跋涉，从南京搭火车去滁县，无车代步，步行至水口镇，再走土路到相官，折入田间小路，弯弯曲曲，到他的住所。陈村也远道而来，捕蛇吃肉，唱歌游泳，哄走看热闹的一群光屁股小孩，没几下，又聚过来，一个个胯下露出小鸡鸡。

一栋即将倒塌的草房，茅草稀疏露出星光，油灯下，三人谈天说地，萤火虫、蟋蟀在破墙上飞舞乱叫。黑影幢幢，他们两个信誓旦旦，自诩不婚主义无后主义者，唯有我不立誓，我暗想，我要结婚，我喜欢漂亮的女孩，我是俗人一个。女孩都喜欢小松，有他在，女孩的目光就会移过去。两个上海女孩穿百叶结游泳衣，和我们一起跳进村口的水塘里，乡下人挤在水塘边看热闹，女孩的一举一动尤其扎眼。

我带了油画箱下去，画麦垛，画水塘和田间小路。小松让村里的孩子采了一大篮桑葚，炒了一大盆花生，煮了一大锅绿豆汤。陈村在小黑板上写了欢迎词：情切花生焦，意盛桑子红，乡人无所有，绿豆汤一盅。

当接到要写一条马路的邀请，我就在想，如果仅凭历史资料，写马路的硬件沿革，会很难落笔，许多建筑道路变迁，因年代久远，世事如潮汐起落，当事人离世，已无据可查，做考据钩沉，也不是我的强项。比较容易的办法，结合自己的视野、听闻、朋友圈，写一个自己所了解的江苏路。把骨架连着肌腱血肉一起端给读者。

得到一条消息，2023 年，北京高考语文卷，文学类文本，阅读材料，选用了陈村的散文《给儿子》，当晚找出，重读此文，令人感慨万千，说不出什么，就是无话的感慨。

我们三个人的争论，会搬回上海，小松家是据点，小松善辩，无理也要讲出个理来，占了上风，端一个锅子，在江苏路（靠近现今昭化东路）小弄堂口，一个歪歪斜斜的油毛毡棚下，买菜汤面吃，几根数得清的肉丝，已经是无上美味。小松提出，电影的主角，一定是社会闲散阶层，现在想想，的确符合电影的特性。他尝试诗歌除了押韵，还可以押声，结果失败。没多久，他扔出一个电影剧本，背景是当时动荡不安的菲律宾，要知道那是 70 年代初期，成为影像是不可能的事情。

男主是电话线路的检修员，女朋友是性感妖媚接线生，暗地是国会议员的情妇。男主在野外检修线路，借机与女朋友调情，没想到串线，恰好听到国会议员和女朋友甜言蜜语，男主怒不可遏，干脆串到国会议员私人电话，其中得知，马尼拉不远的奎松城（我家地图上找到的），将发生大地震，政府掩盖消息，希望地震能够消灭当地难以剿灭的反政府武装。剧本构成元素，和当时国际局势合拍。男主一路撒谎卖乖，去了奎松，被游击队截留，他虚构当地习俗，提出某日通宵篝火，载歌载舞，放露天电影。到那一天，毁灭一切的大地震果然发生，国会议员的直升机带着情妇，督导政府军包围奎松，然后是一场大战……小松的构思情节曲折，细节丰满，连游击队总书记刚刚从国外回来的细节，都酷肖当年东南亚丛林左翼的腔调。纯属纸上大片。

我的电影剧本是上海小资爱情，蒸汽火车的铁路栏杆，偶然将房屋维修工和美丽的小学老师搅和在一起，当蒸汽散去，双方才发现靠得那么紧，于是故事开始。

当年最令人恐惧的事情，陈村在江苏路上遗失了笔记本，如果被某些人拾到，结果将不可收拾，我们沿江苏路，从华山路到延安西路一段，来来回回找了很多次，一根电线杆一个阴沟盖都不放过，无果，惊慌失措了好几天。

我们的互相揶揄一直延续，一次，三人造联。为了恶心他们，我造了"势利人图说势利，调情鬼复爱调情"。陈村和小松一致认为，应该改成"势利图说人势利，调情复爱鬼调情"。我至今不服，不管你陈村是作协副主席，小松是全国政协委员，将我的刘禹锡诗风，弄得过于滑溜，有违中唐风格。

我们的青春就这样消磨掉了。再后来，我们都离开了江苏路，各奔前程。

江苏路，这是一条可歌可泣的马路。

# 一

　　江苏路的修筑时间是 1906 年，光绪三十二年。北方义和团运动已经偃旗息鼓五年，"扶清灭洋"的口号早已味淡声稀。尽管中国人还留着长辫子，大势所趋，清廷正式昭告天下，预备立宪，取消科举。科考关门，四书五经不再是做官发财敲门砖，正在被读书人抛弃。4 月 1 日京汉铁路全线通车，像马克思在《共产党宣言》里所描述的："资产阶级，由于一切生产工具的迅速改进，由于交通的极其便利，把一切民族，甚至最野蛮的民族都卷到文明中来了。"同盟会成立逾一年，中国资产阶级开始崭露头角。

　　这时候的上海，西方传来的电灯，已经亮了二十四年，电话电报早就有了正式服务市民的公司，电车公司开始在南京路铺轨排线。上海市民瞪大眼睛，心里按捺不住，欣赏一切来自西方的奇技淫巧。对于西方人，北方还在称呼洋鬼子，南方还在称呼鬼佬。上海市民仅称其外国人，上海出版的《点石斋画报》称其"西人"。租界成为秩序与生活品质的样板，在这样的背景下，越界筑路已经成为常态，尽管清廷主权旁落，操作上局部有冲突，但是地方官员，中小土地所有者都得到了好处。

江苏路原名叫忆定盘路，因为沪语音似英文 Edinburgh 而得名。它就是租界扩张越界筑路的产物，当时全长 1649 米。一种说法，路名来自苏格兰首府爱丁堡；另外一种说法是 1869 年，英国爱丁堡公爵阿尔弗雷德，率皇家加拉梯 Galatea 号船到访上海，工部局方面，也是想借爱丁堡公爵此次造访，向王室证明，传闻中名声不佳的上海，同样是英国殖民地的典范，但是，这样的说法，在时间上似乎有点对不上号。

打开上海地图就会发现，江苏路的上下两头，北面是白利南路，后称长宁路，属英租界，南面是海格路，后称华山路，属法租界。它们比江苏路出现都要早很多年。江苏路的串连，扩展了西区的城市范围，在河道农田臭水浜和本地人定居点中开出一条标准马路。后来，比它后筑的愚园路和大西路（延安西路）与其十字交叉，这一片的道路网格由此定型，一直维持至今。它周围的古河道旧村落尽管已经消失，但是名称一直沿用，如诸安浜、汪家弄、曹家堰等，提醒你即使牛到与苏格兰首府齐名，你的出生还是乡野。

70 年代初，我在狭窄的北汪家弄闲逛，大片的"本地房子"挤挤挨挨，还是世纪初的模样，小酒馆的格局如鲁迅《孔乙己》开头描述的，曲尺形大柜台，酒坛放置也大同小异，最让我眼前一亮的，柜台终端，猪血泥金的四个大字"太白遗风"斑斑驳驳，和着绍兴酒的沉香，浑浑噩噩中，不知道自己进入了什么场景。

江苏路 162 弄 3 号，最早是上海海关英籍税务司的居所。这栋文艺复兴风格的房子非常俊俏，品字形东墙，曲尺状对称逐格跌落，如果你去过荷兰比利时，以当地的房屋比照，你的视觉经验会更进一步

紧邻江苏路的武定西路上海爱乐乐团。当年上海沦陷，这栋大宅落在流氓汉奸潘三省手里，成为沪西有名的高级赌场，取名"兆丰总会"

江苏路的开拓，与上海的第一次大规模建设同步，从那个时候起，一直到1937年八一三日本人挑起战事为止，上海便早早毫无争议夺得亚洲第一大城名号，与纽约、巴黎、伦敦齐名，亚洲所有城市只得望其项背。战争和政权交替使城市格局停滞，陆续被香港、东京等超越，一直到80年代初期，才开始有所改变。

江苏路周围的扩展，带来了供电、供水、污水排放等公用事业的配套，否则，如雨后春笋的洋房别墅就是一堆荒冢。谁还能想到，由此催生了北美的伐木风潮。整个华东地区，缺少森林，本地的杉木太过细小，又不适合洋房建造。在此背景下，北美至上海的船运，压舱的不再是水，而是大量的加拿大松和花旗松，体量巨大，最厉害的超过一米见方，十几米长。我曾经钻入江苏路285弄老洋房地垄，一根根洋松搁栅整整齐齐，有烙铁印痕Product USA，企口地板也是来自北美。苏州河边杜月笙的仓库，用洋松做大梁，堂堂国际饭店的地基，都是洋松打桩。想想，仅仅江苏路一带，有多少洋房，需要多少洋松来满足需要。有多少个约翰、保罗在北美的林地放倒大树，剖开原木，烙上产地印痕，让上海的第一次建设风潮，源源不断有资源补充。上海公共租界的电线杆，全部来自北美，上海话"数电线木头"，原出此典。

与洋房配套的壁炉，也改变了中国人取暖的概念。60年代前的气候，属于小冰河时期，上海冬天最冷可达近零下10摄氏度。一般小洋房，都有两三个壁炉，壁炉需要耐火砖、装饰砖，民国九年（1920）起上海本地产泰山砖上市，也使得市面上多一种选择。各种卫生设备，输水铸铁管、坑管、厨房设备，一点不比现今搞材料省心，配套也全仗舶来品。285弄老洋房还有锅炉，俗称炮仗炉子，烧热水，有冷热龙头，供洗漱用。只要关注过老洋房细节的人都知道，盥洗室的瓷砖，阴角、阳角、兜线等陶瓷小件，一点都不含糊。影视的民国题材，最容易露馅的钢窗，一眼就看出真假，铜质把手，铜质的开合固定栓，现在都成为古董。

洋房是一种娇嫩的东西，当洋房迫于形势，塞进来尽可能多的居民，洋房所有的装饰细节，便变得多余，壁炉封掉，烟道堵掉，房修队干脆敲掉烟囱。我曾经说过，烟囱是洋房的阳具，烟囱的招摇，在于性征，将洋房壁炉封掉，烟囱拔除，如雄性动物去势，即刻委顿下来。房间住下了各色人等，走廊、过道、楼梯本来显示主人品位的空间，变为公共部分，没有人会在意公共部分的维护与卫生，晾衣服，搭灶台，砌水斗，堆自行车。接着分割空间，将稍微大一点的客厅，一分为二，甚至一分为三，容纳小辈结婚。江苏路沿线所有洋房，没有一个能够逃过这样的命运。

一百二十年前，一栋西式豪宅，矗立在旷野之中，农田池塘和江南阴湿的天气，更显出它的孤傲不群，遗世独立，像电影《蝴蝶梦》中神秘的"曼德利"。江苏路开筑的六年前，它已经在这里，它就是最早立足于此的海关税务司住宅。与其配套的佣人房、车库紧挨在东侧。先者为尊，以后的江苏路识相，以一个小小弧度绕开。用文字来描绘一栋住宅的品貌是徒劳的，尤其是精美的住宅。当职业的建筑师用职业的语言描绘建筑的山墙、立面、屋顶种种，一般读者难以脱离实物，展开想象。我只能说，这栋文艺复兴风格的房子非常俊俏，品字形东墙，曲尺状对称逐格跌落，如果你去过荷兰比利时，以当地的房屋比照，你的视觉经验会更进一步。豪宅外墙用蚕豆大小的鹅卵石敷贴，小时候，我们曾经去抠鹅卵石，江苏路上类似垂垂老矣的大宅有很多，三个手指捏紧一颗小小鹅卵石，在竹篱笆上划出得得得得声音，是童年的进行曲。

至于税务司署的官员们如何衣香鬓影，如何施特劳斯《醇酒、美妇、歌》，如何鹅肝、鱼子酱、烤火鸡，中国人不乏对别人奢侈生活的想象。也许他只是眼光挑剔的古董爱好者兼收藏家，洞窟的佛头不论盗贼转手，还是宫里流出，只要品相良好，会出高价。还有一种可能，他只是一个喜欢阅览的老头，藏书满室，卷帙堆叠。

我一直在拼凑英国人赫德和这栋房子的联系，从时间上来说，他们应该是重叠的，赫德执掌中国海关四十八年，于1908年退休回国。我不能断言赫德一定在此居住过，但也有极大的可能。他帮助清政府创立了一套完整的税收制度，清政府三分之一的税收来自赫德治下的海关。在腐败透顶的官僚体系中，海关是唯一廉洁的衙门。也有人认为赫德是西方伸进清政府的黑手，是清朝苟延残喘的帮凶。

从已经贯通的长宁路到大宅，不出三百米，江苏路在这栋房子前有一个弯，是不是以前就有一条可以通汽车、马车或人力车的短短土路，为了海关大人的出行，奠定了若干年后江苏路的走向？如果今天你有机会到现场观察，就会发现，一过大宅，江苏路就朝着华山路直奔而去。

现在，大宅和它的附房依然存在，标注的地址是江苏路162弄3号。英国人天生是草地的爱好者，大宅前的草地空旷，我小时候就看见有人在此踢球，一大块平地早已寸草不生，有人表演车技，双脚分别踩住自行车前后轴，一手把握龙头，一手摇动踏脚，溜圈。一会儿又在车架上倒立不倒，围观的人连连喝彩，小男孩会莫名向往。

60年代，这块花园连同旁边的空地被海运局看中，造海员新村。国际海员，只有家庭出身非常过硬的年轻人才可能被选中，每次大船出海，江苏路有一番热闹，老婆们打扮得漂漂亮亮，丈夫随身大包小包，非常体面。海员家庭，尽管老公出去一年半载，家里总有些域外的罕见物品、家电，足以令拮据年代的人羡慕。

小学时候，我曾经进入大宅，印象中住家很多，拖把、淘米筲箕、脚盆随处可见，顶楼的天花板有图案，厨房铺地红缸砖沾满油渍。今天大宅的外立面做了翻新，重现当年鹅卵石敷贴，但七十二家房客的腔调持续至今，附房也全是住家，住家搬进搬出，人杂事多，有些窗户安装了不锈钢栅栏，让人无话可说。

上海老房子专家张军先生（笔名：外滩以西）提醒，海关税务司另外两处住宅，汾阳路 45 号和淮海中路 1897 号，先后落成于 1932 年和 1933 年。这两套房子保护比江苏路的好很多，一直没有放开居民入住。江苏路的海关税务司住宅，门口挂上了历史建筑铭牌，也尽了地区政府的责任，要安置内部居民，房源呢？资金呢？腾出来的房子，是空关还是出借做商业用途？如果让其自生自灭，也是一种选择，一种天然的选择。

上海这样的房子太多太多，几乎每一条弄堂，每一栋稍稍体面一点的宅邸，都有某些传奇人物的足迹。

在我有限的视野中，江苏路 285 弄 34 号独立小洋房，这种小洋房在弄堂里并不起眼。二楼，前楼住一个单身老太太，头发花白，平时，老太太不穿阿婆衫，也不穿便装，一身中山装，几乎长到膝盖，房间放满书籍。老太太说话带江西口音，慢条斯理。没有邻居能够猜出，她在大革命时期入党，参加过南昌起义，后来成为周恩来的秘书，丈夫李平心，著名经济学家，华东师大历史系教授。她就是徐汇区黎明中学校长胡毓秀。特殊年月某一天，胡毓秀满头满脸墨汁浆糊，院墙外敲门叫保姆，老保姆开门大吃一惊，以为是鬼，老太太在学校，被一批年轻学生弄得狼狈不堪，又不敢坐公交车，像一个魂魄般飘回家。

后楼，住一个光头严姓老人，还有他烟瘾很大的老婆，没有生育，领养一个女孩。老头也是江西人，土地革命时期，做过苏区县长，红军长征后，害怕国民党报复，逃亡。看见他老是唯唯诺诺，偶尔参加教育界反美游行，手擎竹枝纸旗，上书口号"打倒美帝"，跟在游行队伍后面。绕市三女中操场一遍遍兜圈子。再后来，老头进里弄生产组，敲铁皮，做可以节约煤饼的炉子，推广给邻居。

一楼住中国彩色照片冲印鼻祖刘锡祺。1949年前，就主理"冠龙"彩色照片冲洗业务，手工配置药水，控制时间温度，手工调色。全中国唯一一家可以做彩色照片的店家，就属上海滩冠龙。国家每一届摄影展览，都要请刘锡祺给入选作品调色。特殊年月某一天晚上，市公安局的汽车开到34号门口，带走刘锡祺，邻居惊诧，不知道平时低调为人的刘先生，犯了哪一条。后来得知，外国人随便拍摄特殊时期上海街头照片，公安局一律没收，收缴的彩色胶卷，没有彩色胶片处理能力，通过"冠龙"，请老法师破解。

诸如此类的人物，在江苏路一带不胜枚举，他们从未显示自己的过往，在邻居中制造威势，也没有因为职业和收入有意显摆，在别人的巴结中寻找快感。这和某些居民区的某些人物大相径庭。

与零零散散小洋房相比，江苏路沿线的大洋房故事更复杂，总是随时代的起落而出人意料，巨浪掀起，有些人登上顶峰，转眼倏忽而落。


好吧，现在开始，我由北往南说江苏路。

顺长宁路走过来没几步，一排70年代的工房，楼上U形晾衣架层层叠叠，沿街卖烟杂，送纯净水，做铝合金窗，回收

市三女中，难得有这样大片的草坪和漂亮的教学楼

市三女中大礼堂在全上海首屈一指，有二楼，整个礼堂略带坡度，朝舞台倾斜，每一个观众都有很好的视角，两侧哥特式长条形窗户，彩色镶嵌玻璃，拼出炫目的图案

名酒的小店，灰暗嘈杂。到武定西路口，缺少打理的街角，一尊施特劳斯的雕塑，手执提琴，动作夸张，与湿漉漉的晾晒衣物并列，雕塑背后，越过民房，一墙之隔，上海爱乐乐团所在地。

江苏路上，普通民房将一栋大宅遮掩不仅一例，1947年上海百业指南上有标注。

这是一栋保护得很好的大宅，绿地郁郁葱葱。以前挂牌上海电影乐团，陈传熙指挥过许多耳熟能详的电影音乐。大宅门牌号码在一侧的武定西路上，以前称开纳路。乐团有听众开放日，允许粉丝入内，欣赏排练，与大牌指挥交流。此屋气宇轩昂，内饰精美，轿车可以直接开到主建筑门口雨廊下。80年代后期，我随上影厂摄制组进入，拍一组特技演员从楼梯滚落镜头，楼梯把手精雕细刻，名贵东南亚硬木，还不算主楼梯。

这栋大宅一度落在潘三省手里，成为沪西有名的高级赌场，取名"兆丰总会"。专门接待日本高级军官和汉奸头目。潘三省何许人也?

时间往前，1938年以后，中日战线向内地推移，上海枪炮声渐稀，进入孤岛时期。花天酒地，醉生梦死，是市民阶层颓废绝望一种表现。权力真空，最先填补的一定是邪恶势力。沪西一带遂成"歹土"(Badland)，黑道猖獗，赌场烟馆林立，曹家渡是其中焦点，大小烟鬼在忻康里、存善里、永乐邨、怡丰里、积德里、公益里吞云吐雾，瘾君子飘忽的身影，在曹家渡五角场屡见不鲜。愚园路近中山公园一带，冒出许多高级赌场，伊文泰、好莱坞（现今为长宁区工人文化宫）这一切，在日本人占领上海后骤然而起，贪婪成性的底色加速上海的溃烂。这种金钱聚集地，各方势力眼红，必须有强大后台才能立足，否则不能生存一日。

离曹家渡一箭之地的江苏路武定西路口这栋大宅，有人一眼盯上，此人名叫潘三省，一个南市老城厢出来的浪荡流氓。其父嗜赌成性，如《活着》中福贵，到潘三省手里，祖产所剩无几。见风使舵是潘三省的天性，他勾结日本人做航运生意，居然处处得手，自以为看准时局发展，背靠日本人，加上自己的赌博天赋，遂将这栋大宅转变成烟、赌、娼为一体的"总会"。上海滩低级流氓黑道开赌场，目标是赚底层市民的钞票，潘三省的"兆丰总会"只接待日本高级军官、汉奸头目和上海滩巨富，他也一度陡然崛起，成为权财色路路皆通的风云人物，据传，他可以通过打招呼，让日本人关照76号，将戴笠手下的人放出来。当年在上海滩，和出租车司机招呼一声"开纳路10号"，是非常牛的事情。

时过境迁，回到当下，眼看个子不高、脖子粗粗、头发蓬松的汤沐海，指挥手下庞大的管弦乐队，在当年放满了轮盘赌、廿一点、牌九的场子里，演奏巴赫、贝多芬、老柴的曲子，形而下与形而上，放纵与约束，末日癫狂与超然冥想，奇异交织，成为江苏路不可忘却的一幕。

至于潘三省，1945年日本投降，风向大变，他的老婆王吉，花样百出略具才艺的交际花，一看苗头不对，立即和潘三省拗断，带走自己名下的房产与男朋友跑路。潘三省孽障太大，以汉奸罪判处有期徒刑 7 年，没收全部财产。后因无具体罪恶提前释放，两手空空毙于香港。

走在江苏路这一段，我经常会对这栋浅灰色大宅投以难以名状的目光，丁字形道路弯角上，施特劳斯塑像，肯定是市容管理方面对音乐的附会，蛇足之笔，再漂亮的雕塑，以一竹篙湿漉漉的衣服为背景，罗丹也无能为力。

大多数时间里，大宅寂静无声，是什么样的机缘，在此上演人生活剧，上海滩历来不乏潘三省、王吉这样的投机客，无畏刀口舔血，也盛产类似汤沐海的杰出人士，江苏路不过是一个人人可以登场的舞台。

从语文老师的角度，潘三省，省字读 xǐng，吾日三省吾身，曾子说：我每天多次反省自己的言行举止。


距上海爱乐乐团不远，省吾中学，我和江苏路沿线的同学，和这所学校有一面之缘。

1962 年，居住在江苏路的同学，全部转移至镇宁路小学读书，一天上午，天阴，语文课，班主任郑璞正在讲解课文，突然一声惊天巨响，烟尘从学校东侧传来，数分钟后，只见几个成年人抱住血流如注的孩子直奔医务室，其中冲在前面的是教音乐王老师，学校唯一的右派分子。王老师戴眼镜，每次音乐课把沉重的风琴抬进教室，教我们唱《唱支山歌给党听》，他的后颈有严重的过敏性皮炎，同学们总喜欢在他背后起哄"王老师——右派"。原来，学校沿镇宁路一间教室屋顶塌了，直直砸下来，砸在上课的老师和同学的头上。整个人字形屋顶，像一顶草帽把同学压在课桌下，把老师打翻。同学胡圣平头顶砸下一颗钉子。班主任郑璞离开讲台，再没有回来，其他教室的同学都跑出来了，我们班规矩，等了老半天，听说走喽，才急急忙忙拿起书包，到校门口，看见消防员手持太平斧在废墟里找孩子，玻璃窗被砸开，整个屋顶完全脱离围墙落下。救护车的铃声远远近近响，据说出事当下，三轮车夫义务抢救孩子，送去不远的愚园路749弄职工医院（后改名长宁区中心医院），还好，没有死人。这件事公开的媒体上看不见半个字，也怪不得谁，这个校舍是1949年前留下来的，原因是屋梁老化所致。此后半年，学校都没有正式上课，教育局安排，全部转去附近省吾中学上夜课。白天可以玩，多么令人开心的事情。可是很长一段时间，我发现自己陷入"天花板恐惧症"，每进入一个空间，都会反反复复观察天花板，包括自己的家，担心随时会砸下来，那时候没有心理疏导，就是莫名害怕。

去省吾中学，首先被告知，这是一所地下党领导的学校，有一位追求进步的同学帮组织送信，成为1949年最后一位光荣的牺牲者，他踩自行车途经周家桥，被苏州河北岸流弹击中身亡，这是每一届新生都要听的故事。

在江苏路和武定西路不大的范围内，当时有两所知名学校，市三女中和江五小学，现在都是挤破头想进入的学校，再加省吾中学。因此有了这样的说法："省吾中学省出来的吾，被江五小学扛得去。"如果你懂上海话，读起来一定带劲。

小学毕业后，我再也没有去过镇宁路小学，那里有体育老师"陈刮皮"，美术老师周允明，校工"赛珠阿姨"。还有一个老女人，麻脸，从来不上课，她的任务就是不断呕出胃里的气，在不大的校园漫步，木楼梯上上下下，三步一呕，惊天动地。

60年代后期，"清队"工作正炽，偶尔经过自己的小学，发现班主任郑璞的头像画成了漫画，是国民党女特务。算术奚老师是逃亡地主，音乐王老师是死不悔改的右派分子。我突然回想起来，五年级的时候，郑璞老师偶然和我说起，她年轻时候是"演剧队"成员，抗敌演剧队是第二次国共合作时期，抗日的宣传机构，因为某报一条大标题"演剧队是国民党别动队"，郑璞倒了大霉。

我没有什么惊讶，激动，恐惧，失魂落魄，到处都一样。学校旁边德新冶炼厂依然浓烟滚滚，织袜厂机器声可以淹没老师讲课声音。沿街课堂窗户，没头没脑扔进来一块香蕉皮。现在，什么都没有留下，全部铲除，一干二净。


江苏路天空，阳光艰难透过来，一切都好像加了柔焦镜，柴油车尾气直喷，不带一点怜悯。董家的小店，在弄堂口，董老板是个胖子，近视得厉害，所谓洋瓶底眼镜一副，说话带点喘。他的店在邻居中口碑不错，有传呼电话，卖烟酒，针头线脑，橄榄话梅。地址是江苏路285弄口。附近四德邨、良友别墅、安定坊都是他的客人，包括傅雷先生和太太朱梅馥。加上44路曹家渡方向的车站，就在门口，一步之遥，市三女中的学生，必定从门口经过，夏天雪糕棒冰小零食生意也不错。

因为董老板积极，也成为烟纸同业小组长，政府要布置学习，董老板带头。他的女儿一度跟我同桌，据说学习非常努力，一大早起来背书，成绩差强人意。民办小学就在隔壁四德邨连体别墅第一个门洞里。一天，老师进入教室，值日生叫起立！董老板的妈也跟了进来，拿着半张一分钱的纸钞，指着外号"雌老虎"的同学说，她用半张钞票卷起来，骗走一只橄榄。老师问，橄榄呢？"雌老虎"张开嘴，一只橄榄就在里面。

"雌老虎"的妈在285弄这条体面弄堂出名，斜眼，一连生五六个孩子都是女孩，恨得要死。家里有洋房一栋，还做三只手，在诸安浜小菜场偷蹄髈被示众，还被押回里弄，反正臭名昭著，她也无所谓。"雌老虎"的妹妹在班级里外号"猪头肉"，因为偷猪头肉得名。

董老板遭罪是特殊年月，大字报把单开间的店门封了，董老板一刺激，急火攻心，撒手人寰，留下老婆和三个未成年孩子，老婆守丧支撑，白花黑布，排门板开一半，没支撑多久，日渐憔悴，无奈歇业，在一边公用电话亭帮忙传呼。

讲讲江苏路小人物的真实遭遇，对比现今资本的摧枯拉朽，董老板的小店被江苏路上两栋巨厦"畅园"取代，地铁2号线和11号线在此交会，谁会在意董老板、蹄髈、猪头肉和橄榄。

我绕开市三女中一直没有落笔，原因很简单，写市三女中的文章太多了，又是邬达克，又是某女中豪杰。

市三女中历史悠久，一条线理出来，要推到1842年南京条约签订，次年11月17日，上海开埠，根据《五口通商章程》规定，外国商品和外资纷纷涌进长江门户，开设行栈，设立码头，划定租界，开办银行。从此，上海的命运进入它自己完全无法预料的转折，从一个不起眼的海边县城，不知不觉，朝着远东第一大都市演变。

一批西方传教士目睹中国女子缠足，没有受教育的机会，相继在沪开设教会女子学校，招目不识丁的女童。1881年，圣约翰书院（其遗址现为华东政法大学）创办人，美国圣公会主教施约瑟将"文纪"和"裨文"两所小规模教会女校合并，成立圣玛利亚女书院，校址就设在圣约翰书院北面（中山公园后门），两个书院一墙之隔，星期日在教堂做礼拜，男女学生各坐一边，是唯一见面机会，有学监压阵。男女学生不允许交谈，更不要说牵手。教会最最担心，本地人对教会本来就有杀婴和摄取魂魄等误传，一旦男女学生弄出点桃色事件，对教会的名誉将造成不可挽回的损失。毕竟青春少艾，眼看男生常利用做礼拜的机会接近女生，双方暗送秋波，令校长十分不安。1920年，学校利用一笔捐款购进白利南路（今长宁路）一块地产，自建新校舍，1923年9月落成，把女学生全部转移过来，改称圣玛利亚女校。学生包括后来文坛祖母级人物张爱玲。现在是知名打卡点"来福士"，碍于张爱玲的名气，开发商与主事方手下留情，尚存当年礼堂钟楼各一座，游客得以观瞻。

市三女中另外一脉，中西女塾，由美国传教士林乐知发起、创办。美国女传教士海淑德任第一任校长，学校英文名为墨梯学校（McTyeire School），是纪念提供重大资助的墨梯主教。1892 年 3 月 17 日开学，原校址在西藏路汉口路沐恩堂东侧，后用捐款购得江苏路武定西路经家花园，建校，于 1917 年迁入。1930 年在中国政府立案，校名改为中西女子中学。两校合流，终于成就了一所在中国教育界十分重要的女校。

陈村说过，市三女中"中途出轨"，也要写一笔。

根据商务印书馆 2023 年出版的《至慧至雅：从圣玛利亚女校、中西女中到上海市第三女子中学》记载："1966 年伊始，沈永林、刘天佑任副校长。1967 年开始招收男生。1968 年改名为'上海市第三中学'，成立革命委员会，工宣队进校。"当时附近居民笑称，尼姑庵混进了和尚，也有人称赞，这样好，否则小姑娘心理扭曲。反正那个时候性别差异越来越小，从服装、心理，到言谈举止。根据就近入学的规定，我弟弟就成为有史以来市三女中第一届男生。

书中关于恢复女校的一段文字如下："1981 年 5 月 15 日上海市第三中学《关于上海市第三中学改为女中的请示报告》呈报上海市教育局。5 月 18 日长宁区教育局向上海市教育局提交《关于市三中学今年招收女生的请示报告》。6月6日上海市教育局做出《关于上海市第三中学招收女生的批复》，其中有'同意你校作为试点，今年起招收女生，暂不改校名。高中部住宿应利用现有设备条件，每年招寄宿生八十名，三年总额为二百四十名'。是年，上海市教育局决定恢复女子中学建制，同时恢复原校名上海市第三女子中学，并确定为部分寄宿制的市重点中学。"

和尚又被悉数逐出，当然只当笑话。有一种说法，市三女中大量的海外校友，一直记挂女中，也热衷捐款，改变学校性别，她们感觉非常别扭。学校的社会影响非一般学校能及，包括众多的海外姐妹学校，一旦彻底拿掉女校名称，等于断了六亲。

市三女中对我而言，有两点，一是关于红手绿手的恐怖传说，二是它的礼堂。

红手绿手的传说由来已久，不知道什么时候起，所有的人都讲，而且言之凿凿。女中的某一间厕所，黑漆漆的，有人如厕完毕，突然，一边墙壁伸一只红手，手里拿着一张红草纸，另一边墙壁伸出一只绿手，拿着一张绿草纸，一个模糊的声音问：要哪一张？如厕者吓得魂飞魄散，逃离厕所。另外的版本更加详细，学校小礼堂，造型像老鹰，已经够阴冷的，楼上的厕所，白天也是黑咕隆咚的，发生红手绿手的事情就在这个地方。红手绿手一时传遍校园内外，去女中礼堂看电影，憋尿都不敢去厕所。当事人是谁，没有人知道，更加深了恐怖感，许多人深信不疑。马上有人说，是美蒋特务所为，是啊，只有美蒋特务才会作出如此不可思议的事情。

市三女中的大礼堂在全上海首屈一指，有二楼，整个礼堂略带坡度，朝舞台倾斜，每一个观众都有很好的视角，两侧哥特式的长条形窗户，彩色镶嵌玻璃，拼出炫目的图案。台口很浅，麦克风经常啸叫。区教育局许多活动，借此举行。例如支持多米尼加人民的反美斗争，台上的老先生读"杜米尼嘎"我总要笑。我曾经参加学校之间的唱歌比赛，"月亮在白莲花般的云朵里穿行……"和同学们一起扯嗓子放声高歌，退场可以从左右的侧幕下来，我却从台口直接跳下，带队老师将我臭骂一顿，说没有名次就是因为我不守规矩。这种事情，如果不提起，我早就忘记得一干二净。

大礼堂对于我而言，最重要的是确立和女朋友的关系。70年代后期，苏联电影纷纷解禁，礼堂对外售票，从武定西路的边门进入，武定西路附近工厂多，东头是菜场，一刮风卷起漫天灰尘。《乡村女教师》《复活》……有热门电影票是比较牛的事情，约女朋友看电影，就有了理由。记得票价是一角，也有人回忆是八分。

市三女中，宋氏三姐妹都曾在这里就学。她们在学校很活跃，参加过中西女塾话剧排演，而且也是学校中最早出国留学的学生。1908 年，宋庆龄从中西女塾毕业后，与宋美龄一起乘太平洋邮船"满洲里号"离开上海，赴美留学。

从圣玛利亚女校、中西女中到市三女中，百年来，人才如

市三女中五四楼

校长薛正

恒河沙数，科学家、医学家、艺术家、实业家、社会活动家群星璀璨。中国科技部前部长朱丽兰，中科院院士黄量，中国工程院院士陈亚珠、闻玉梅，美国俄勒冈州副议长邓稚风，教育家俞庆棠，外交家龚澎（乔冠华第一任妻子），企业家荣漱仁，文学家张爱玲，艺术家顾圣婴、黄蜀芹，香港著名艺人沈殿霞（肥肥）等。

举龚澎为例，这位外貌端庄的女性，24岁即任圣玛利亚女校教师，后投奔延安，做毛泽东、周恩来的英语翻译，在延安山沟沟里，风采照样秒杀一众国统区名媛，外国记者形容：宁可为之疯狂。龚澎在1949年后成为外交部第一任新闻司司长。

顺带说起另类毕业生，音乐家盛宗亮，70届男生，原住愚园路909弄黎照坊，紧挨江苏路五丰油酱店。和很多市三女中毕业生一样，去美国留学，成为美国著名华裔作曲家、钢琴家。40岁那年，受聘密歇根大学音乐系主任，并成为终身教授。2019年9月，盛宗亮向学生放映电影《奥赛罗》，一部老片子，于1965年公映，曾获得了4项奥斯卡奖提名。这本是一项正常课程，讲讲莎士比亚，讲讲威尔第歌剧演绎，用歌剧形式表达悲剧。学生们观看电影，盛宗亮讲解课程内容，再平常不过。没想到，这件事从校内传到整个美国，搞得惊天动地，导致盛宗亮被停职。在学校工作长达25年后，当头一棒。原因是一位女生举报，盛老师违反了有关规定。顺便提一下，这部电影男主角，是大名鼎鼎的英国演员劳伦斯·奥利弗，他的《蝴蝶梦》《王子复仇记》在中国有大批影迷。盛宗亮是个正派人，不像某些挂教授头衔的人。原来，大一新生奥利维亚·库克向管理层投诉，她觉得这部电影有点奇怪，倒不是电影情节有什么，而是她注意到，在这部电影中，扮演奥赛罗的，竟然是一名把脸涂成黑色，装扮成黑人的白人演员。而这名主演，是三次获得金球奖、两次获得奥斯卡荣誉奖、五次获得艾美奖的英国演员。这下不得了，"白左"定下的规矩，你一个黄皮肤居然公然违抗。举报的女生说："我当时被吓呆了，在这样一个宣扬多样性，并确保师生们充分了解美国有色人种历史的学校里，盛教授公然向学生展示这样的东西，令我震惊。"更让她不理解的是，盛宗亮在课前，没有说明为什么要给学生们放映这样一部充满着争议的作品。而有同样感受的不仅是她，一名在校研究生说，他们认为盛教授被停职，理所应当。在得到投诉后，盛宗亮意识到，问题来了。

他说，自己的本意是想"展示歌剧作曲家威尔第，是如何将莎士比亚的戏剧改编成歌剧的"。课堂结束几小时后，盛宗亮发表了第一次道歉，承认影片中的演员和角色是"种族歧视和过时的"。

盛宗亮第二次致歉，他在致歉中说："进行了进一步研究，包括种族主义对美国文化的影响之后，他才意识到黑脸的种族主义含义。"

这事上升到所谓"政治正确"的高度，就越闹越玄乎了。也算是市三女中毕业生在美国遇到的最荒诞不经的事情。

信中他继续为自己辩解，列出了他在整个职业生涯中，帮助过或交过有色人种朋友，由于他的举荐，许多人在事业上取得了成功。

没有想到的是，他的这一道歉，如火上浇油。盛宗亮被口诛笔伐。接着盛宗亮辞职，他的文学课停课，但仍然留任学校。如同当年盛宗亮在江苏路的家，莫名其妙被人把钢琴拉走，你找谁去说理，飞来横祸，百口莫辩。只有当你亲历的时候，才知道意识形态的鼓动有多么大的杀伤力。

有一段时间，全国改路名成风，每一条马路都要来一遍。南京路改成反帝路，淮海路改成反修路，江苏路实在想不出改成什么路，有人提议改成"江姐路"。一夜之间，门牌号码被人贴上纸条，江姐路赫然在列。市三女中出来的小姑娘，本来温文尔雅，突然一身军装，宽皮带拿在手里，粗口乱爆。一般知识分子家庭的孩子没有这份勇气。

市三女中最值得说的，不是邬达克的建筑，不是已经被填没的荷花池（荷花池的太湖石婀娜多姿，现已不存），不是造型丑陋不堪的中西大厦。最值得说的是校长薛正女士，一位伟大的女性。

如果你看见一位头发花白，拄着拐棍蹒跚而行的老太太，出现在江苏路上，慢慢步入市三女中大门，你最好收起你的放肆，她有可能就是校长薛正。

如果你顶着薛正的大名去北美，说不定会引来一大批美国加拿大校友。

用导演黄蜀芹的话来说："她是一位虔诚的基督徒。"

她终身未嫁，这一点和我的预判吻合，许多教会学校出来的女性，不婚的比例很高。虽然我没有能够成为她的学生，我对薛正怀着好奇。几乎所有网上对薛正的描述，像一篇干部鉴定书，或者说像一份悼词，冷冰冰的，读不到感人的部分。我看到薛正中年时候的照片，无锡女性的宽脸，眉目中的敦厚和不紧不慢的自信结合在一起，短发，斜襟盘纽中装，一种见过大世面，收敛自省的可信赖的女人。薛正生于 1901 年 3 月，无锡礼社古村人，网上有一种说法，出来读书的时候还是清朝，只能够女扮男装。17 岁，就读于上海圣玛利亚女中，薛正高个子，超过 170 cm，一百年前就喜欢打篮球，与杨绛同一个学校篮球队。入高中时选读教育专科。毕业后，在中华基督教全国女青年协会工作两年，后立志投身教育，1934 年毕业于燕京大学教育系，接受上海中西女中聘书，任中西女中教务长，1936 年任中西女中校长。我想薛正内心是真正受过洗礼的，侍奉着心里的一个目标，终身矢志不渝。

1940 年薛正赴美国哥伦比亚大学研究院攻读教育学，获硕士学位，后获得奖学金，又攻读博士。朋友回顾说，非常时期，薛正已经六十多岁，被拉出来批斗，背后被人狠命一推，上肢骨折。1972 年薛正获所谓"解放"，某些人又拿她出来装点门面。很难想象薛正内心的煎熬，她遭遇非人摧残和折磨，应该比我们看得更清楚，超越了普通人的境界。

日本人占领上海的时候，薛正拒绝汪伪教育咨询委员会聘书，学校坚决不讲授日文，并拒绝日本女子垒球队来校比赛。在不得不出席与日本学校的联欢会上，她以惊人的胆识致辞："我们很遗憾，不能用我们的演出来回报你们的精彩节目，因为我们的学校被占领了。"日本人要征收中西女中，做伤兵收容所。薛正一个手无缚鸡之力的弱女子，六次去日本陆军司令部交涉，没有一点点畏缩。无奈日本人蛮横，还是占据了校园。可以想象这样的真实画面，薛正和师生用了一个月时间迁校，运出最后一车图书，忆定盘路（江苏路）上，天色阴霾，一行人推着沉重的人力车。雨像面粉一样撒下来，薛正将身上的雨衣脱下，盖在图书上，其他师生也脱下雨衣，把图书盖得严严实实。

日本投降，薛正带领师生，刚刚整理完破败的校舍，重庆大批官员来沪劫收，依仗"抗战之功"，要把他们的女眷不经考试塞进中西女中。薛正声明，本校招生，一律通过考试，择优录取，因此招来了这批"抗日功臣"的指责，并扬言要接管学校。薛正坚持中西一贯的招生原则，不能改变。英语行不行？不行，免进。薛正在强权面前，用她的倔强，保留了中西女中的颜面。

历史的进程弯弯曲曲，学生们在谁的鼓动下，对自己的老校长动粗，谁灌输了仇恨和反智的思想，"资产阶级知识分子统治学校的现象"？唯一庆幸的是，市三女中没有像北师大女附中一样，女学生用棍棒把校长下仲耘打死。

我想，一定有一种力量使薛正隐忍又坚强面对，她也一定听说来自北方的消息，也一定知道附近的中学，有多少老师自杀。

薛正在 40 多岁时写的古体诗，就可以看出这位女性的格局和修养。

夜冷灯昏，风雨骤至，纵笔写此，百忧如结

残灯闪案头，置书无心观。堂堂中夏国，祸乱起百端。

强邻方宰割，内讧犹未安。伤哉一泓水，纷纷成波澜。

我欲洗兵甲，挽彼甘霖难。瞿然念来日，四顾摧心肝。

先不要纠结诗歌的平仄韵律，请细品诗句中的每一个字，强烈的幽愤之情，从一介女流的笔下喷涌，我不能说薛正是现代李清照，但是她因生灵涂炭而忧心忡忡，对生命的关怀，远超过一般人对金钱权力的关怀。在任何历史阶段，她也不会轻易被狂乱的浪潮卷入。1958 年"大跃进"，学校要养猪种菜，有人主张把大草坪挖掉种菜，薛校长坚决不同意。有人说薛正不关心人，只关心草地。薛正闻讯说，我正是从关心学生出发，才不让毁掉这块草坪。如今这块大草坪是市三女中的魂魄，多少女孩曾经被托付在绿色的怀抱里展开梦想。黄蜀芹说过，正是这块草地让她克服了自卑。

薛正惜才爱才，有位王姓学生成绩优秀，却不幸患上肺病，无奈休学，此时离高中毕业尚不到一年。女孩钢琴造诣颇高，中西女中音乐教学是特色。为了既可让女生安心养病，又可让她拿到文凭，薛校长破例允许她在家，边养病边习琴艺，只要通过学校的钢琴和音乐理论考核，一样可领到毕业文凭。女孩病愈后去美国康奈尔大学专修音乐教育，学成回国，薛正聘她任音乐教师，她带领中西女中学生合唱团，在比赛中连连得奖。

女孩子可能生得不漂亮，但可以长得很漂亮。这是薛正鼓励女孩们的话，没有大言，只有贴心的鼓励。1995 年薛正离世。

这座美丽的校园，正是由于薛正和其他人的保护，才得以留存至今，当人们不再被一时的冲动裹挟，才觉得薛正的眼光是长久的。邬达克的建筑固然耐看，是市三女中不可撼动的存在，它们是某一种力量的载体，薛正的精神更耐久，更加使人敬佩。

她的塑像，如今在学校大礼堂入口凝望校园，一次校庆，当年的红卫兵给薛正道歉，她们在校长的床褥下放了大量的图钉，薛正只轻描淡写说了一句，我不记得了。一种多么强大的宽恕。

记住，这是江苏路 155 号。

# 二

从市三女中转过头去，朝西北方向张望，可以看到几排红色的房子，互相之间有弄堂，弄堂不深，40多米，间隔也不算阔，沿江苏路的山墙看不出细节，进入弄堂可以看到楼上都有精致的小阳台，锻铁栏杆，这就是江苏路上著名的中一邨。门牌号码分别是46、54、62、70、78弄。1932年由中央信托股份有限公司购地兴建，原来叫"中央一邨"，后改称"中一邨"，属于联排别墅，每个单元带一个不大的庭院，从南面数起，一共六排，第一排为汽车间，下面停汽车，二楼住车夫佣人，后面五排就是正式的住家，一共56个门洞。

据记载，中一邨建成后，一部分用来做职工住房，其余因租金昂贵而无人问津，一段时间空置。1935年，被附近的英军兵营家属租住，我猜想的附近，应该是不远处愚园路洛克菲勒公馆对面的苏格兰兵营。太平洋战争爆发，英侨撤离，多半是进了集中营。公司对外顶租，顶的费用，用金条计。可以想象中一邨原来的住家，都是有资产做后盾的殷实之家。小学时候的同学，十之八九住在江苏路一带，中一邨有女同学姓秦，家里孩子的名称，都由数字排列，秦同学数六，名字叫秦洛，功课是拔尖的，属于可以交流的同学。在我看来，整个中一邨是被环境弄糟糕的，上海胶鞋二厂的车间，硬顶住整个中一邨的西山墙，蒸汽、鼓风机的噪声和怪异的味道，弥漫在弄堂里，长年累积，弄堂末端的住家苦不堪言。没有比"促生产"更理直气壮的事情了，投诉也无用。只是近年来工厂撤离居民区，有所改善。

中一邨居民中，最出名的是国画家唐云，在我有限的国画知识中，画翎毛（鸟类的别称），都是侧面的，无论宋徽宗、八大山人还是齐白石，侧面可以画出鸟类的嘴和尾巴。但是唐云却画正面的麻雀，逸笔草草，一只小麻雀跃然纸上。唐云是个有趣的人，大个子，胖，外貌有点像演员刘江（没有贬义，曾经扮演胡汉三）。某一段时间，花卉翎毛被批，"封资修"中的封建主义，大多数职业画家无所适从，以前的作品不撕掉，已经是客气的。唐云好玩，灵机一动，画向日葵，题"葵花朵朵向太阳"，你总不能再揪辫子了吧。他的向日葵直幅，画面铺满，黄灿灿的花瓣用湿润的笔一片片按出来，花盘用枯笔，画叶子是唐云的拿手好戏，大笔笔端墨色与绿色交融，刷刷几笔，饱满又爽利，藏家求之不得。加上唐云特有的细脚伶仃的题字，可谓妙不可言。

唐云嗜酒，经常到285弄我家隔壁34号二楼姜先生家对饮（姜先生的房间即以前黎明中学校长胡毓秀的住家）。姜太太是一位小学教师，人长得漂亮，照片在照相馆里做招牌，烧得一手好菜，唐云即以葵花朵朵向太阳赠送，他画过多少葵花，已经无法统计。

江南才子集中在苏杭一带，鸟在画界称为翎毛，因为鸟字在江南一带发音同"吊"，非常不雅。《西厢记》里红娘领张生去会莺莺，一边叫"鸟来了，鸟来了"，苏昆里就是戏谑双方。总不见得跟唐伯虎说"区区润格，求你的吊"。

唐云的性格，在重压之下保持圆通，另辟蹊径，大方向不变，也是一种智慧。而他的好朋友，住在不远处江苏路安定坊的傅雷，宁折不弯的性格，最终玉碎。"文革"开始，唐云听到傅雷自杀未遂的消息，忧心忡忡，顺江苏路直奔老朋友家，一路上的几百步路，老先生是怎么想的，没有人知道，也许他也无法开口，世道已经疯了，最多就是，怒安啊，有什么过不去的，想开点，想开点，我们都一样嘛。

他们是不一样的。唐云笔意洒脱，机趣溢出于纸面的画，更多属于赏玩。傅雷对文字的态度，是生命的突围，是个人意志的张扬。同样是一堵墙，唐云是碰鼻头转弯，傅雷是撞上去。

唐云出生于杭州，他的落款，一直是杭人唐云。父亲是参药店老板，家道殷实。他小时候喜欢画画，经常跑去裱画铺子里玩，时不时向父亲的书画好友讨教笔墨功夫，画艺渐长。一场突如其来的大火让唐记参药店倒闭，家道中落，无奈，18岁的唐云便拿起画笔讨生活。唐云精心画了一批山水扇面，托扇庄出售。没料到，便宜又好看的山水扇面被人悉数买去。民间传说，"唐云""唐寅"，音同字近，有些不懂的人，还真以

中一邨，江苏路上联排别墅，1932 年由中央信托股份有限公司购地兴建

1938 年，国画大师唐云买了中一邨 46 弄 5 号房子，从此落脚沪上

为买到了一把唐寅的画扇，沾沾自喜，逐渐就传出一个"杭州唐伯虎"的称号来。卖画教书求生的温饱生活，在唐云27岁时打破。

八一三日本人开战，浙江的有钱人没钱人都往上海租界跑，有的一家老小，甚至带了钢琴。1938年，唐云受若瓢和尚的指点，买了中一邨46弄5号房子，从此落脚沪上。这个若瓢和尚，大唐云八岁，天台山国清寺出家受戒，也是佛教界书画达人。有介绍说，1937年，若瓢落脚上海吉祥寺。吉祥寺坐落于七浦路上，虽规模不大，香火却很兴旺。雪悟和尚担任住持，若瓢当知客僧。两人极为投契，寺内开设了一个三开间门面的素餐馆，常是顾客盈门。雪悟是烹调能手，专管内务；若瓢为人豪侠，交游颇广，把四面八方的朋友都招引到吉祥寺，书画界的朋友如张大千、来楚生、邓散木、白蕉等，还有文学界的柯灵、桑弧、平襟亚等，都是座上宾，甚至像新闻界郑逸梅、唐大郎、龚之方也是吉祥寺常客。若瓢所居的吉祥寺，俨然成为上海文艺界雅集聚会的一个重要地点。与画家唐云，更是莫逆之交。和唐云在上海打开书画市场有很大关系。

唐云后来就比较顺利，1958年，反右结束时入党，晚年任上海中国画院副院长、代理院长、名誉院长、中国美协上海市分会副主席等。

唐云的酒量是出了名的，世人皆言，不能喝酒，又如何能成风流名士呢？

唐云在中一邨的家，常常沽酒待客，太太下厨，一楼客厅畅饮。朋友求画，扶壁而归的不在少数。黄山游览时，唐云随身背了个酒篓，里面装了10斤黄酒。快接近天都峰时，他干脆一屁股坐在岩石上，边观云海松涛，边饮酒抽烟，直到夕阳西下，这才带着几分醉意，摇摇晃晃地从仅一米来宽的鲫鱼背上跨了过去。入夜，明月高悬，唐云在朦胧中提笔作画。不多一会儿，一棵苍茫古拙的松树便跃然纸上，并且还赋诗一首：

山灵畏我黄山住，墨渖长松十万株。
只恐风雷鳞甲动，尽成龙去闹玉都。


唐云的画室，在中一邨5号三楼，画桌出奇地大，能近观作画者不多，有人形容唐云作画，以酒助兴，常是一杯入肚，神情初聚，两杯下去，灵感倏至，三杯过后，技痒难挠，于是攘臂握管，笔走龙蛇，气力相合，心手相应，画作即成，观者以为接下来落款钤印，他却停下笔来，点燃烟斗，在作品面前反复审度，再三斟酌，或再作精心晕染，或束之高阁，或将宣纸揉成一团，弃之不惜。

当年有一个十五岁女孩想拜唐云为师学画花鸟，唐云说，你家是不是有一坛酒？女孩说，有的有的。唐先生大手一挥，笑起来说，明天送到我家去吧。第二天，女孩和父亲一起，分乘两辆三轮车，女孩手里抱着那坛黄泥封口的老酒，送到了江苏路唐云家，就算是拜师成功了。女孩回忆说，按老师布置，我一早七点多出门，和上班的成年人一样，20路电车乘到江苏路，步行到中一邨，八点钟从一楼的厨房进门，直奔亭子间，每天如此，风雨不辍。

唐家亭子间租住着一位老先生，姓袁，冯超然（民国画家）的弟子。袁先生单身，民国时期曾在银行里做过事，学识好，修养深，教女孩古文，让女孩念唐诗宋词、读《古文观止》。唐先生这一代人坚持说，画要画得好，古文底子必须打扎实。

这个女孩，就是后来成为职业画家的汪大文。

汪大文回忆说：一般学好早课，差不多九点钟，我上到三楼。唐先生的卧室兼画室就在这一层。先生到来前，我收拾画案、换水、磨墨、铺纸……做一切准备，这是入室弟子的本分。我那时也常闯祸，唐先生砚台多，其中一方澄泥砚，我磨完墨后，没有及时将墨收好。后来因为放置太久，等我再去拿的时候，墨和砚已经粘在一起，密不可分了。这方砚台后来毁了。唐先生看到，有些心疼，倒没有过深责怪我，只说我浪费。但是我很自责，这件事始终记得。

唐云特别关照小姑娘，国画颜料要放好，弄完要洗手，藤黄有毒晓得哦，老早一些潦倒画家，就是吃藤黄自杀。小姑娘连连点头。

后来，唐云除了教画，还让汪大文负责打理一些文房珍玩，有时候朋友来观赏，老师就关照汪大文，到床底下把砚台书画取出来。小姑娘个子小，一下子就钻到棕绷床下，谁的画在什么角落，清清楚楚。这些藏匿在江苏路一角的有趣故事，如果汪大文不说，也就化作尘埃，消失在历史的隧道中。

三年后，正巧上海中国画院招学生，18岁的汪大文，戴一副白边眼镜，怯生生去应考，凭着唐云教授的功底，人嫩笔不嫩，被一众老先生看好，有幸入画院学习，又经程十发等大师亲炙，遂成一家。

大约是1964年，长宁区少年宫请来刚入上海中国画院的两位大姐姐，吴玉梅、汪大文做国画示范，美术组的同学兴奋异常，吴玉梅长辫子，汪大文短发，戴白边眼镜，她们在宣纸上画人物，勾勒加渲染，我是有资格近距离围观的小朋友之一。

1993年，是唐云的涅槃之年，年初他离开江苏路，率子女、学生把妻子的骨灰送至富阳。同年秋天，唐云病重入院，老顽童唐云还将胸口藏的金蛉子托付给朋友：藏好了，明年我还要带去台湾的。没想到，唐云再也没有回到江苏路中一邨。

汪大文回忆拜唐云为师，每天从江苏路电车站下来，步行至老先生的家，这五百米的路程，也是自己反刍老师谆谆教导的时间，老师当然会教我作画，怎样用笔，如何着墨，但更多的是熏陶，一种建立在艺术技法之上、又高于方法的素养教导。那几年，江苏路中一邨是我心目中最重要的坐标，一种高乎寻常的所在。跟在先生身边，他作画，我拉纸头、裁纸，观察他的笔墨和构图，跟他学画花鸟，特别是他炉火纯青的没骨色法，听他点评传世古画的精髓。外人很难想象，这栋红砖建筑里，有老师五花八门的绝世收藏，老师从来不吝给我这个小丫头赏看，价值连城的，也不例外。他和挚友倾谈、交流，我有幸伴随左右。他的艺术观点、生活感悟、人生态度，让我比同龄画家更早接触艺术理论和艺术哲学。我在年轻岁月里，能拜唐云先生为师，用句古话说，就叫"取法乎上"。

离开中一邨，顺江苏路往南，地铁站就建在市三女中大门南侧，原本这是江苏路227号，一栋独立的英式小洋房，八字形的造型十分奇特，红砖红瓦，陡峭的坡屋顶，无用的烟囱，锈蚀的落水管，有一种颓废感。小学同学程练就住在里面，她有一个跳舞的哥哥程肯，男角女角都能跳，扭秧歌，舞姿花哨，像装了弹簧。这栋房子里还住着一个外国女人，亚麻色头发，胖胖的，喜欢听爵士乐，那种男歌手卖帅的低音爵士，骚骚的发声法。一辆流线型轿车，轮胎没了气，歪在车库里，私人汽车在五六十年代是不可想象的事情，也不知道，这辆久不使用的轿车属于谁。现在，这栋房子一丁点痕迹都没有留下，被一排单调的水泥二层建筑取代，可的便利店，还有一家"耘萃坊"，做新派本帮菜，是小资打卡点。再过去一点点，是237弄，我会对17号高家做专门介绍。再往南，我有点迷糊，原本住着我的同学沈涤涤、陶奎、徐一蕊的247号也早已灰飞烟灭，包括民办小学班主任贺玉英也住在这个门洞里，她的脾气很大，老公是军人，因为没有能够享受随军待遇，将50本练习册狠狠摔在地上。班长沈涤涤忙不迭去捡起。我的一举一动，班长都会汇报，我很没劲。这里要解释一下，我们的民办小学在四年级结束以后，全部转学到镇宁路小学。

再过去，同学曹伟英、沈一茹、乐嘉松的275弄的大宅也没有了，那是一栋漂亮的有彩色镶嵌玻璃的大洋房，极其豪华，塞满了住家。中国美院雕塑系老师韦天渝，也曾经是这里的孩子。其中刘以则和他的哥哥特别聪明，因为家庭出身不好，比较低调，动手能力强，弄到一只红木椅子的脚，能改成小提琴的琴弓。

这些影影绰绰的图像，和我的童年记忆混合在一起，仿佛昨日。

再走几步就是煤球店，1947年的百业指南上，这家煤球店叫"大陆煤号"，开在"良友别墅"门口。283弄良友别墅是一整个联排，16个门牌号码，建筑相对粗糙的弄堂。我顿时想起了"丁麻皮"和王杏妹，两个"看弄堂"。所谓看弄堂，就是靠收取住户扫街费的人，除了清扫弄堂，如有外人进入，询问几句。以前没有物业管理和保安的概念。王杏妹大家叫她阿堂娘子，不育，领养一个女孩，叫美丽。丈夫傅阿堂早逝，阿堂娘子接班，成为江苏路285弄的看弄堂。女孩傅美丽长得端正，也帮忙扫街。阿堂娘子一只眼睛白内障，夏天用手帕改的肚兜包住胸脯，露出整个背脊，嘶哑的喉咙，出口就是脏话，小孩子都很怕她。一瘸一拐上门收扫街费，没收到钱，站在门口就是不走。丁麻皮是隔壁良友别墅的看弄堂，矮个子，布满天花痕迹的瘦脸，穿一件过膝的旧中山装，弄了一个治保委员的头衔，于是眼睛里都是坏人。王杏妹和丁麻皮会凑在一起吃饭。大夏天黄昏，一只包浆竹床放在江苏路上街沿，地上泼了水，暑气蒸腾了一半，太阳已经跑到中山公园后面去了。小桌上有红烧肉、梭子蟹，还有黄酒。弄堂里的人，对露天吃饭，多少有点侧目，丁麻皮王杏妹不管这些，44路汽车开过去，也无动于衷。王杏妹对养女傅美丽就没有这么客气，稍不顺意就打。弄堂口的木屋年久失修，王杏妹和傅美丽搬到弄堂尾的汽车间住，和我家一墙之隔。晚上王杏妹与别人看戏回来，傅美丽忘记，把门反锁，睡着了，王杏妹打不开门，大叫美丽啊，开门！傅美丽哭起来，好久不敢开门，王杏妹急了，开门啊，只小瘟×！傅美丽越哭越厉害，王杏妹说，开门，我不会打侬的。傅美丽终于开了门，王杏妹冲进屋一顿闷打，傅美丽大哭，吓得我们不敢出声。

后来，傅美丽长大了，王杏妹也打不动了，变成了老妖。傅美丽嫁了一个军人。

"刮台风"，丁麻皮就登台唱戏了。

70年代，所谓"刮台风"，不是指气象，而是全市统一行动，一夜之间，把平时寻衅滋事、好勇斗狠的小流氓统统抓起来。那时候无所事事又荷尔蒙爆棚的年轻人游荡在社会上，斗殴、偷窃、霸凌、调戏妇女的事情偶有发生，"刮台风"全市统一行动，各个工厂抽调的民兵，半夜抓人，抓来的人就关在空置的仓库、防空洞里，一顿臭打是免不了的。关个把月，有的"强劳"，即强制劳动，例如，长宁区有几家酒精厂，生产医用酒精，让小流氓卸原料山芋干，有持钢管戴藤帽的上海民兵看管。抓人的名单，就由各个里弄的治保委员提供。这时候像丁麻皮这样的人就有了用武之地。江苏路285弄的大牦牛和阿华都是本地刺头，好勇斗狠，崇拜肌肉，经常"配模子（打架）"，自然列入冲击对象，如果有机会重复70年代画面，从拘留处（不是今天法律意义上的拘留所）放出来的大牦牛和阿华，面孔肿得像猪头，十十足足"吃生活"，青一块紫一块，眼睛肿成一条缝，实在触目惊心，戴大口罩遮半张脸出来晃，无事寻衅的气势一扫而光。他们的家人对丁麻皮恨之入骨。

我在长宁区少年宫帮忙画样板戏招贴画，地下室就关小流氓，拎一个出来，只听到劈劈啪啪的耳光声音。有一种说法，抓来的小流氓都要过第一个关，即由民兵们组成的"隧道"，排着队劈头盖脑打，打得哭爹叫娘，不服的再打。一时间，街面上小流氓嚣张的气焰收敛很多，每逢春节之前或盛夏开始，"刮台风"的活动总要来几次。丁麻皮也知道举报会得罪一些人，看他来来回回心神不定的样子。

良友别墅、285弄、四德邨在江苏路上组成一个品字形，良友别墅和四德邨凸出沿马路，285弄通过一条大弄堂缩在里面，我的父亲，每天半夜文汇报付印前看完大样，乘奥斯汀小汽车回家，总是傅阿堂开的弄堂大门，即使寒冬腊月，傅阿堂一句"黄先生回来了"，引起我父亲许多歉意，每次给扫街费，一定是加倍的。

良友别墅1号，沿街的煤球店楼上，住一个搞音乐的董先生，有一块小小的牌子，上面写"董氏教授小提琴　吉他"。

据说，董某是上海音乐学院的才子，因为违反校规被开除，以此谋生。我的同学，几个吃定息家庭的小孩，一面跟董某学琴，一面听家长说董某的坏话，觉得自己是赏饭给董某。

良友别墅总是出一些奇人，一个个门牌号码数过去，前段，姓袁的和姓邱的两家，住楼上楼下，都是我同班同学，两个出名的三只手，什么都偷，从山芋到乒乓板。中段，姓赵的，比我低两届，一个著名的骗子，因为会拉小提琴，迷惑性非同一般，在上海，把周围的人骗得不知东南西北，插队淮北，以代购为名，骗得几个村子的农民倾囊而出，姓赵的席卷而去。还把未成年女孩骗到手，藏匿，人家家长要上门拼命。往后几个门牌，一个比我们大一届的男青年成了疯子，喜欢二楼探出身体，深情凝视远方，做出苏联电影中列宁的招牌姿势，引得楼下一群围观的小孩乱叫。再往后一个门牌，某个比我们大得多的男子，被人上门砸玻璃砸家具，上门哭诉的女孩说，他三次搞大了她的肚子，现在又拒绝结婚。这个男的是个独子，神情冷漠，从来没有笑容，打起邻居小孩，落手极狠。一阵乒乒乓乓，只看见三门红木大柜车边穿衣镜四分五裂，没有人上前阻拦，围观的邻居绕了一圈又一圈，仿佛看戏。

良友别墅建筑粗糙，支撑户外栏杆的水泥柱子，由于质量极差，东倒西歪。唯一让我印象深刻的，是中段一户人家，讲山东话姐妹俩，姐姐智障，长得粗大，妹妹漂亮得像外国女孩，皮肤白皙，头发黑里带棕色，长睫毛后藏着一双忧郁的眼睛，是这一大片区域难得的美人，可能因为姐姐的原因，妹妹弄堂里从来不抛头露面，窗帘遮得很严实，有点神秘感，偶尔能够看见窗帘后面她表情呆滞的姐姐。漂亮的妹妹喜欢穿浅色的衣服，也不和邻居搭话，仿佛一个高冷的公主。

四德邨很少有人称呼，一般就叫303弄。和良友别墅类似，303弄属于联排别墅，比良友别墅精美许多，有爱奥尼式立柱，露台铺设带几何花纹的瓷砖，一楼的落地长窗还带有厚重的百叶窗，小花园有铁枝栏杆。这里的居民大多是1949年前的富裕人家。303弄的门牌号码一开始就是45号，到63号结束，一共十个门洞。

45号和61号的一楼客厅，都做过民办小学的教室，学生自带椅子上课。我就在此背诵："秋天到了，天气凉了，棉花白了，稻子黄了，一群大雁往南飞……"音乐老师王宜男，一个总带点不良情绪的女人，在破风琴上弹唱："千万张笑脸迎着太阳，千万只白鸽漫天飞翔，我们红领巾的队伍，前进在革命的大道上……"

我不清楚，那些房东为什么要捐出自己的客厅，做闹哄哄的课堂。45号的客厅还做过公共食堂，附近商店工厂的员工搭伙。1961年，我吃过这里的喇叭菜、豆腐渣。四德邨弄堂的一侧围墙，画过大幅的壁画，一个时期是巨大的瓜果蔬菜被小人国似的人群簇拥着，一个时期是戴星条图案的美国佬被亚非拉人民围殴。

现在，良友别墅和四德邨如同它们的传说，无影无踪，没有一点点痕迹，居民全部移出，散落近郊一带粗糙的新建筑

60年代初期，江苏街道江苏居委会的活跃分子，不少女性还穿着大襟衣服。
后排戴帽子的是钟先生

里。地铁在地下穿行，汽车在周围奔突，人群匆匆忙忙，没有人会关心这些。

江苏路拓宽，许许多多洋房划在红线以内，没有人怜惜，统统推倒。200弄朝阳坊，Art Deco风格，立面干净利落，既没有红瓦坡屋顶，也没有为门窗套框，线条简洁，是江苏路上独具现代风格的弄堂，现在一砖一瓦都没有留下。朝阳坊建造年代暂时无从考察，应该不会晚于1935年，同学庄英明住朝阳坊，他母亲是职工医院的医生，单亲，家里布置得井井有条，印象最深的是，饥馑年代，花瓶里有新鲜康乃馨。

朝阳坊弄堂口有带弧度大立柱，对称，顶端有同样风格的灯，整体性可见一斑。朝阳坊南端洋房，70年代至80年代，曾经做过长宁公安分局交警支队办公室，穿制服工作人员进进出出，洋房原本的花园部分，改成硬地，停放自行车。一楼朝南露台，几把长椅，是上门处理事故人的临时座位。那时候，没有私人机动车，处理交通肇事，主要集中在公交和货运。当年，我已经是公交四场员工，同届入职的陈奋，71路驾驶员，某天发生一件蹊跷的交通事故，天山支路终点站，铃声响起，陈奋驾车起步离站，有人将脑袋伸进后车轮里，顿时脑浆崩裂，其状不可描述。一般发生交通死亡事故，在没有鉴定出责任之前，驾驶员去拘留所是惯例，陈奋的事故，连交通队都觉得不可思议，于是，斯文的延安中学毕业的陈奋，只是每天到交通队报到，上午从华山路幸福村的家出发，在交通队洋房里坐几个钟头，下午四点左右回家。我家离交通队仅隔一条马路，过去会会同事。他带几本书，没事看看报纸，心情没有颓唐，也算幸运。警察没有限制他自由，对他友善。下午，我看人走得差不多了，说，好跑咪。他笑笑说，四点半，四点半。我就陪他谈谈绘画音乐，他是为数不多喜欢古典音乐的，也画画。后来，他去了美国，跟美籍水彩大师程及学习绘画。这里要带一笔，程及与陈奋父亲是朋友，程及又是某位交大校友的挚友，据说是儿女亲家。程及晚年回国住在交大闵行校区，交大建了程及美术馆，我随赵音小姐去闵行拜访程及，他已经90多岁了，耳聪目明，一口老派上海话，看了不少他的原作，他旁边的保姆，上海老阿姨好凶，好像我们要从程及这里骗些什么，感觉老阿姨要控制程及。

江苏路拓宽，朝阳坊一带全部拔除，长宁交通队搬到西郊威宁路。和朝阳坊一起变成废砖乱瓦的还有沿街的一整排房子，包括安定坊最外面的两栋漂亮的英式别墅，傅雷先生原先住的5号，现在就直挺挺地暴露在江苏路地铁站7号出口和无障碍电梯处，站在石阶上，绿化挡住了一楼和花园，不过仍旧可以看到傅先生当年二楼窗户和三楼老虎窗。一封封傅雷家书就源出于此。

江苏路像一本大书，又厚又重，全篇密密麻麻写满两个字，无奈。

这种说法，肯定有人会嗤之以鼻。画虎类犬，还自鸣得意。试问，现在的居民中有多少比得过以前的居民？现在的建筑比得过以前的建筑吗？要比马路的宽窄，最好不要拿江苏路做例子。

　　一次，收到沈宏非的邀请，美食大师请吃饭，那是求之不得的事情。大师留下地址，江苏路285弄2号，我当时一愣，这不是要回到20年前的老弄堂吗？大师怎么会把吃饭的地点放在弄堂深处，一栋洋房里。这栋房子我再熟悉不过，以前是虞姓一家，大户，当年这一片从2号至26号，都是他们家族开发的房产。留下2号自住。三楼租给江五小学大胖子张老师和她的独生子。虞姓一家豪阔，吃一餐龟肉，几十只乌龟，佣人杀得乒乒乓乓。老先生喜欢养花，蓬径超过一米的杜鹃两株，花朵开得肆无忌惮，一片艳粉，三轮车夫拉进来，小心翼翼抬进花园。好景不长，特殊年月，市三女中的娇小姐们转眼翻脸，柳眉倒竖，英姿飒爽，绿军服，红袖章，就在如今畅园门口冲进285弄，虞家遭殃，老夫妻当场吓坍，先后离世。抄家封门，抢房子之风接踵而至，虞姓第三代，兄弟姐妹四人加父母，缩至二楼。一楼被强占，塞进一家六口。虞家老三爱画画，又因年龄与我相仿，曾经一起切磋，偶尔进入2号，虞家家中陈设大变。

　　国门开放，老三受陈逸飞邀请，去美国，据说一度做陈逸飞枪手，替陈逸飞画油画，不过他也承认，最后修饰和完善，还是陈逸飞自己动手。

　　后来虞家卖掉江苏路旧居，搬离。老洋房被某某公司买下，又几易其主。

21世纪初，我去纽约公干，闲暇去大都会博物馆，博物馆宽阔石阶下，一排小贩，卖名画复制品、明信片和冰箱贴之类，蓦然发现，2号老四也在摆摊，我叫了他的小名"荣荣"，两人异国相逢，尴尬的是我。然后都是谦辞，问候老三等等套话一通。事后想想，如果老先生老太太知道，第三代在纽约练摊，不知做何感慨。

敲门，美食大师设宴二楼，是以前虞家父母的卧室，物是人非，那天吃什么，已经想不起来了，总之菜品丰富，一道又一道，一起吃饭的，除了主人沈宏非，还有外号老鼠的郁先生，他们肯定对我的局促不安感到奇怪。每一栋房子都有它的特殊气味，这栋房子散发的气味，与我的嗅觉记忆完全不搭，一种混合油烟泔水的气味，似有似无残留在墙壁的灰粉里。我原本以为，沈宏非邀请，无非让我讲讲江苏路285弄种种轶事，没想到，仅仅是吃饭而已。吃完下楼，看见一楼客厅另设圆桌，尚无宴请活动，几位厨师座中闲聊，其中一位女士，一看面熟，即《舌尖上的中国》第一集，上海糟货的代表人物汪姐，明白了，今晚盛宴，皆出自汪姐之手。

我是不是要把我的此次经历告诉远在纽约的虞家老三，告诉他这栋房子的现状，空间的变化和这些后来的"闯入者"。

要了解江苏路，首先把门牌号码搞清楚，江苏路东侧皆为单号，西侧是双号，例如傅雷先生居住的安定坊，就是284

弄，和东侧 285 弄面面相对，不过自从畅园两栋高层占据了江苏路愚园路口地盘，285 弄的入口变得曲里拐弯，落到别处去了。早期忆定盘路和江苏路所标注的门牌号码，和现在的大相径庭。我从猎奇的角度，寻找江苏路上汉奸的痕迹。从历史材料上看，忆定盘路 35、37 号，曾经是伪和平救国军第四路军司令部。《色·戒》女主角原型郑苹如，最后的日子就关押在此，如果对照当时地图，会发现 37 号在江苏路接近长宁路口。仅仅是一间门面房，35 弄是一条叫南曹家宅的弄堂，进去几步路标注的 2 号，有一栋神秘的房子，也许就是司令部？ 1940 年 2 月的一个深夜，月黑风高，郑苹如从江苏路出发，被押解到中山西路外的野地枪杀，由特务林之江亲自下手，连开三枪，两枪射的后脑，一枪打的胸部。据说："那天她穿着一件鲜艳的红色大衣，戴着一条嵌有照片的黄金项链，手上还戴着一枚钻石戒指，在黑暗的夜色中显得格外瞩目。"这样的描写似乎仅凭想象。她面部上仰，望着天空，神色平静地对身旁的特务说："帮帮忙，打得准一点，别把我弄得一塌糊涂。"这两句话，倒是有上海女人腔调。

另外，按照资料描述，诸安浜 10 号，也曾经是汉奸的据点，在我的记忆中，90 年代江苏路尚未拓宽之前，格局一直没变。西诸安浜口一侧是一个年代久远的酱园，高墙围绕，黑漆木门敞开，内有天井采光，符合酱园的格局，汉奸是不会看中的。另一侧是一栋外表别致的洋房，外墙用细鹅卵石敷贴，有喇叭形的门洞和高高的台阶，大门之上就是露台，整个愚园路口，尽收眼底。寻找此类品相的房子，符合汉奸的胃口。大阳伞和帆布篷菜摊将其遮挡，一般人不会注意。对面的东诸安浜，路口没有洋房，只有进去近一百米，南侧才有几栋漂亮的老洋房，才子汪天云以前就住在里面。不敢断言，这里就是诸安浜10号。

再深入几步就是北汪家弄，汪家弄被延安西路一劈为二，分为南汪、北汪。北汪家弄是76号三个大汉奸之一吴四宝的家兼发迹地。吴四宝苏北人，北汪家弄出名地痞，外貌奸猾凶狠，原充当汪精卫的警卫，后被提拔为政治保卫局警卫队长。

密勒氏评论报主编小鲍威尔，在其回忆录《在华二十五年》的第三十一章"炸弹与刺刀"中描述，"七十六号"的主要头目，是一个名叫吴四宝的人。吴四宝做过很多年的司机，并且曾经一度给公共租界当局的美国籍主席费信惇开过车。由于给费信惇开车，吴四宝于是就成为司机一行中的老大，发了福，也发了财，并且非常骄傲自大。当时，他从事种种不法的勾当，包括盗卖汽油、轮胎，这些都是他从公共租界当局的汽车仓库中偷出来的。日本人设立了汪精卫傀儡政权后，吴四宝便被任命为"七十六号"的行动队队长。吴四宝的习惯，常常喜欢在傍晚带他的俘虏去散步，当他们来到围墙的一个角落时，那儿有几处新近埋葬的死人坟墓，吴四宝于是就很亲热地用手臂搂着他的俘虏的脖颈，告诉他的俘虏，参加汪伪政权有些什么好处，或者是供献多少钱又有些什么好处。这个时候，他的俘虏几乎一点也不需要他说明，如果拒绝会有什么结果。

吴四宝还未发迹的时候，将自己的住所称作"曹家渡沪西6号"。手下一群帮凶，专门做打打杀杀的事情，老婆佘爱珍也是出名女流氓，黑道女大佬，会使双枪，专门控制赌场烟馆，做敲诈勒索的勾当。汉奸都没有什么好下场，1942年，吴四宝被日本人毒死，战后，佘爱珍逃亡日本，后来做了胡兰成的老婆。

三

江苏路上，最壮烈的，毫无疑问是傅雷。最传奇的，是237弄17号的高家。

如果你有机会去市三女中大门南侧的"耘萃坊"吃饭，最好上三楼玻璃露台，你就可以看见17号尖尖的山墙，还有伸出屋顶的壁炉烟囱。这栋英国式住宅带有一个很大的花园，还有一个独立于大宅的车库。我早就说过，江苏路的大宅别墅，都躲不过同样的命运，以豪华开始，以塞满住家结束。17号也一样。

我的童年和短暂的少年时光，差不多有五年的时间里，一直是高家这栋别墅的"客人"，我在这里逗狗，爬上豪华的大衣柜顶上，跳在席梦思柔软的大床上，拉上窗帘，看英国的滑稽默片，情节进行到一半，跳出字幕，解释剧情。那个时候是50年代，没有电视也没有DVD，是真正的电影放映机和电影胶片。回想起来，一个故事说的是，两个城里的花花公子，开了一辆汽车到乡下去，汽车发生故障，年轻的乡下小伙子帮忙，总算修好了汽车，花花公子搭讪小伙子的女朋友，把她骗到了城里，酒吧里受人欺负。小伙子找上门去，将一帮人打得落花流水。最让我哈哈大笑的是，酒吧里的打斗，举起三角钢琴砸向坏蛋，砸得墙体破裂，坏蛋抱头鼠窜，最后以英雄救美告终。

放电影的是我的同学高醇华，高家唯一的公子，一个栗色头发高鼻梁的中英混血男孩，我们幼儿园同班，一直到小学四年级，一有机会，就一起玩耍。我们挖开花园的泥土，插上一根废弃的白铁管子，燃烧枯叶，吓得胖保姆以为火警。我们把车库楼上的空白油画框堆在花园的绿地上，搭成小屋，躲在里面玩。

我中年以后的职业原因，算是看过欧洲北美顶级豪宅的人，高家的陈设，丝毫不逊于任何最豪华的人家，巨幅的油画，看得人心跳眼热的裸体人物，乌黑发亮的三角钢琴，细致的英国茶具，桃花心木的家具，粉彩晚清瓷器，波希米亚水晶玻璃，波斯风格的羊毛地毯，和这栋大宅本身的气质完全契合。最使我印象深刻的，还有顺着楼梯逐级而上，分别挂着四个漂亮孩子的照片，着色，三个女孩和一个男孩。这是高醇华和他的三个姐姐，我不用描述，你就可以想象她们的面容。

这些细节像电影一样，已经成为二维的碎片。六十多年过去了，我和高醇华的再一次会面，已经是在浦东，约定是科技馆对面的中共浦东新区委员会的大楼前面。那天微雨，那里本来就没有什么行人车辆，隔开百米，我们几乎同时认出了对方。我知道，过去的一切对于高醇华而言已经完全消失，江苏路237弄17号的旧事已经成为断章。

高家的故事，说来话长。如果仅仅看花园洋房起起落落外表，讲不透高家的遭遇。来到上海江苏路之前，高家的整个生意重心在重庆和四川一带。往上追溯，祖父高秀山，蒙古族，生于 1885 年，河北通县（今北京通州区）人。高秀山辗转广东等地来到重庆，与磁器口童家桥的童云仙结为夫妻，又在劝工局谋到了一个差事，从此定居下来。劝工局是清末设置的官办机构，主要职能是发展工商业，培养人才。

从高醇华的角度，奶奶童云仙一共生了 17 个孩子，第一个儿子，就是未来江苏路 237 弄 17 号的主人，高醇华的父亲高士愚。祖父高秀山在染料化工材料的经营方面颇有建树。他看准时机，拿住了英美两家染料公司在四川的总代理，家道渐殷。

高士愚出生于 1912 年，少年时师从名儒陶闿士，在父亲的安排下，20 岁的他远赴江苏，就读于南通纺织学校，中国最早设置纺织专科的院校，今天东华大学的前身。高士愚在南通只读了两年，还没毕业，留学的机会出现，1934 年夏，二十二岁的高士愚乘船离开上海，一个月后抵达英国。同赴英留学的，还有他的一位同学钱钟纬，来自无锡钱家，是钱钟书的二弟。利兹大学是当时英国最大的理工大学之一，纺织系在世界享有盛名，高士愚就此一辈子和纺织结缘。

高士愚是 10 个中国学生中唯一一个兼读毛纺织系和染料化学系的人，这两个专业学制都是三年，高士愚计划四年读完，拿下两个学士学位。

江苏路 237 弄 17 号原主人高士愚和他的太太高施嘉德

一段异国恋情，在利兹被点燃，舞会上，一位漂亮的小姐引起了高士愚的注意，女孩个头不算高，英国人特有的纤细身材，五官精致，在一家雨衣厂担任会计师，她就是高醇华未来的母亲。这个英国女孩也因为认识了一个留学的中国年轻人，命运从此发生变化，大起大落。她的英国名字叫 Marjorie Scott，玛菊瑞·斯考特，英国北方约克郡人。

爱神不是星象师，不可能预测英国女孩的未来，她的未来就和中国紧密联系在一起，日本人的入侵、内战、改朝换代、公私合营、"文化大革命"……豪宅被人占据，每个月只给 12 元生活费……没有一样和英国女孩脱离关系。

高士愚是爱极了玛菊瑞的，他有男孩热恋中获取的一切能量，高士愚像上了发条，如他所愿，需要六年的学业，只用四年时间学成，这在利兹大学绝无仅有，在校长的眼睛里，这个黄皮肤男孩面相敦厚，好学而谦逊，聚集了东方的美德。一完成学业，高士愚就迫不及待地要同玛菊瑞结婚。

英国女孩玛菊瑞小姐要嫁给一个中国人，并要在利兹市最大的圣约翰大教堂举行婚礼，这一消息成了大新闻，利兹市还从来没有一个姑娘嫁给中国男人，许多人甚至连中国人都没有看见过。当天利兹市的主要媒体《约克郡晚报》派记者到现场采访和拍照。

1938 年 9 月 3 日婚礼进行，新娘玛菊瑞身穿一件洁白而叠花的漂亮婚纱，头披白纱、手捧鲜艳美丽的花束，随婚礼进行曲缓步进入教堂，可曾想过炮火连天的中国？如同今天一个中国女孩要嫁给乌克兰小伙子，而且决意要随夫婿到他的国家去。她那种娇小而楚楚动人的模样，他面带笑容，从容不迫。宾客满座，济济一堂。婚礼在牧师的主持下有条不紊地循序渐进，在经过一番又一番的"问答"之后，当新郎与新娘相互交换钻戒时，人们报以由衷的掌声。

《约克郡晚报》记者在现场采访后，以《一个中国留学生的浪漫》为题用一个版面对这场婚礼作了报道，其中心意思就是：一位中国留英小伙娶了英国姑娘为妻，她由此成了一个中国太太，他成了英国女婿。

新娘玛菊瑞婚后就马不停蹄地跟随丈夫高士愚往中国赶，那是一段极其艰苦而又充满危险的漫长之旅，他俩先从英国坐船从海上到达法国马赛，再从法国乘坐那时的邮船，在大海上颠簸了一个月之后，到达法国殖民地越南海防，在那段航行中，遭遇了多次暴风大雨和巨浪的折腾，新娘玛菊瑞受尽了晕船呕吐的折磨。然而，这只是她刚刚开始的一点点人生小波折。


幼儿园的时候，我和高醇华就是好朋友。第一次见他的父亲，高士愚穿汗衫短裤，手持园丁剪，修剪盛开的玫瑰，江苏路 237 弄 17 号与现今已经消失的江苏路 227 号，只隔开一道长长的篱笆，也是高士愚发挥园艺的地方，玫瑰大朵大朵，尽管家里有专职的花匠，高士愚对于园艺还是兴趣十足。他知道我是来找小儿子的，叫我过去，让我闻玫瑰，一种是香的，一种是不香的。

五十年代初，玛菊瑞女士已经有了四个孩子，最小的高醇华是唯一的男孩。玛菊瑞的名字也早就按照英国人的规矩，改为夫姓，高施嘉德。我已经忘记这位蓝眼睛阿姨给过我多少次蛋糕，那些细瓷碟子配闪着银光的调羹，有时候会加一小段烤肠。唯一有一次，不知道为什么，我和高醇华爬在车库人字形的屋顶上，他比我更大胆，我总是跟在他后面。蓝眼睛阿姨非常严肃地说，我不欢迎你们。事后想想，那的确是太令人担心了。英国人的"不欢迎你们"是一句很重的话，离驱逐已经很近了。当我们经历了"文革"以后才得知，高家遭到重创以后，除了大房子被占，车库也塞进了一家人家，就在我们攀爬的屋顶下面。据高醇华的小姐姐高醇芳回忆，塞进来的人家，是房管所造反派头头，一副很嚼瑟的样子。

回顾1938年，上海、南京、合肥、厦门都已经被日本人占领，战线推移至内地，武汉岌岌可危，日本人要征收市三女中。同年，唐云从杭州移居至江苏路中一邨。而也就在这个时候，高士愚夫妇，在经历了一段艰难的长途跋涉，终于于1938年11月16日抵达陪都重庆，重庆是高士愚的老家，他的父母和16个兄弟姐妹都住在这里。

当高士愚夫妇从越南坐火车进入中国云南境内，看到沿途许多地方一片狼藉，此时的中国炮火连天，到了昆明，高施嘉德紧随丈夫，等了一个多月，才换乘邮政飞机飞向重庆。

重庆终于到了。中国丈夫家上上下下一大家子人，热烈而又隆重地迎接多年未见的高士愚和传说中的洋太太。担任重庆商会主席的高秀山，更是抑制不住开心，迎接大儿子和儿媳妇——金发碧眼的高施嘉德，并为他们举行了盛大的"接风洗尘典礼"。而高家的所有族人及社会名流都应邀参加，这使洋媳妇高施嘉德真切地感受到中国大家族的热情。

外国来的新媳妇入门高家，如果从时间上计算，距离移居上海江苏路还有七年。

刚到重庆，高施嘉德突然间进入了一户中国豪门，丈夫家开办大型商行，做染料、肥田粉、化工原料生意，是英国卜内门公司（大英化学工业公司 ICI 前身）在四川全省独家经销商。高家独资的"美趣时商行"，在四川省好几个县城有分行。高家另一家公司"慧苓商行"主要销售香水、甘油、口红及雪花膏等化妆品，还生产销售女袜和提花棉织毯等。

新媳妇和丈夫重新举行了中式婚礼，对公婆行了传统的叩头大礼，这是高施嘉德第一次叩头。

没想到，小叔小姑都可以说英语，他们在重庆受过良好的教育，这样也使她放松不少。半年后，新媳妇怀孕了。她还和往常一样，学做川菜，学说中国话。高士愚回国以后，受聘在乐山的国立中央技艺专科学校教书，一次飞机在飞往重庆的途中，如同惊险电影，竟然遇上了日本轰炸机队，对西南大后方进行轰炸，日本轰炸机飞临到了飞机的上方，飞机迅速迫降在一条小河中，丈夫拖着自己的太太，抱着才四个月的小宝宝醇英，和其他乘客一起躲进了庄稼地里。不知道多少时间过去了，幸好附近村民拿出干粮及茶水给高士愚夫妇一行人。

一年多以后，高士愚在重庆沙坪坝买下大块土地，建造纺织厂与住房，他有志于建立中国一流的纺织企业，施展自己多年积累的才学。

生活在战乱中，日本人的飞机三天两头空袭，警报声在山城时时会响起，杀人毁物的事件随时都会发生。高秀山出钱，建立重庆救火会。这样能及时灭火，减少居民的财产损失，拯救伤员。高家为了家属、店员和邻居的安全，挖建大型防空洞，并采纳防空工程处的建议，与有八个洞口的重庆东水门公共防空洞相连。一次空袭，公共防空洞的出口被炸毁，硫磺弹的燃烧烈焰冲天，高士愚立即打开通向高家的木栅门，疏散出两千多人。第二天，许多人来高家门口叩头谢恩，给新媳妇留下了极其深刻的印象。高家住宅被炸三次，一次炸弹掉在防空洞洞口，把新媳妇的左耳震聋了，留下终身的听觉障碍。

60年代初期某一天，我和高醇华一起玩跳棋，一颗颗彩色玻璃球，捏在手里滑溜溜的。他突然对我说，明天你不要来了，我们家有客人。我离开高家的时候看见花匠正沿台阶一路放置盆花，客厅门口的圆桌上，也布置了大捧的鲜花。后来才知道，客人是廖梦醒，廖仲恺的大女儿，廖承志的姐姐，是高施嘉德的密友。她们的认识是一次偶然。

1942年，高秀山病逝，在重庆有一场大型葬礼，两千多人的送葬队伍，女眷由大儿媳带领，依照当地习俗披麻戴孝，手持哭丧棒牵灵，给廖梦醒留下了深刻的印象，从此她们成为朋友，廖梦醒把高施嘉德介绍给了宋庆龄。

说了这么多高施嘉德的故事，佩服这位娇小的英国女子惊人的忍耐力，她如果在自己的家乡，必定不会经历这么大的波折，而更大的打击还没有开始。

在重庆孙夫人组织的保卫中国同盟，英国媳妇成为中坚分子，募捐筹款，动员银行和大企业家拿出钱来购买前线需要的物资，发动妇女制作军鞋棉衣，一直到抗战胜利。

高士愚也是一分钟不能停了，他带着太太，飞赴英国，买了整整一个工厂的毛纺设备，海运回上海，又转道去纽约，买了动力马达，别克汽车和一些家具，运抵上海。满世界奔波，就是为了能够将工厂办起来。那时候一家人才真正入住江苏路237弄17号英式花园洋房。工厂在杨浦区军工路开工生产。

保卫中国同盟也转移至上海，易名为中国福利基金会，就是今天的中福会。孙夫人亲自到江苏路来探视高士愚一家。由于高施嘉德在中福会的积极工作，荣任第二届慈善舞会的联合主席。

内战的烽火开始燃烧到上海，有人敲诈高士愚，要拆工厂做防御工事，要送飞机票，要大黄鱼，吓得一家人去了香港。1950年孙夫人给高士愚夫妇写信，说现在好啦，你们回来吧。亲戚朋友都劝告，不要回去。这些劝告没有起作用，高家一脚又踏入上海。

回来后，发现工厂已经军管，变化也越来越大。不久就是

高家的房子成为大杂院

高家三女儿高醇芳，画家，中法两国文化交流使者

"三反""五反"，高士愚被当作"大老虎"关在厂里，厂里到家里来找证据，结果一根绒线也没有找到，英国太太不懂什么叫"偷税漏税"，说"我们家抽水马桶没有漏水啊"。高士愚想过，工厂也不要了，出去吧，但是回来容易，出得去吗？门已经关上了。

1955 年，公私合营了，工厂改名华丰毛纺厂，政府派了一个公方厂长，高士愚成为副厂长、副经理。汽车没了，每天乘 21 路电车转 61 路公共汽车，到新厂址黄兴路。路上来回四个小时。高士愚和英国太太是乐天派，还是照样唱歌，演奏音乐，画油画，外面狂风暴雨，家里尽量温馨如故。

江苏路 237 弄 17 号，这个深藏在弄堂里的高家，一共四个孩子，居然出了两个著名的芭蕾舞演员，大姐高醇英，中央芭蕾舞团最棒的舞蹈家，《天鹅湖》第一代主演白天鹅、黑天鹅。二姐高醇莉，上海芭蕾舞团芭蕾舞蹈家。据我所知，她们两位，都是业内公认的尖子，业务出色，在很多剧目中，是绝对的 A 角，只是因为有一张英国人的脸，在宣传上被低调处理。后来又因为种种原因，在革命现代芭蕾舞角色安排上，处于被动地位。我想，她们的成就，除了她们出色的韵律感和勤奋的练习，欧洲人种天生的头身比例，高腰长腿，柔韧的肌群，也是她们出类拔萃的重要原因。我看到不少照片，是两位姐姐在《天鹅湖》《鱼美人》演出结束，和国家主要领导人及外宾的合影。

三姐高醇芳，老三届，曾经分配在法华镇路星火织布厂当工人，厂里阿姨没有一个不夸奖外国小姑娘工作勤奋。后来三姐定居法国，是一位著名画家，她一直做中法文化交流的牵头人，被黄宗江撰文称为"既高且醇又芳"的文化大使。四弟高醇华。记得三姐送我儿童艺术剧场的歌舞剧票子，让我们一批小朋友在延安中路的剧场里傻乐。英国驻上海领事馆经常邀请高家参加聚会，如恰逢英国女王生日。高醇华参加完英国领事馆的派对，告诉我看了一个很刺激的电影，一艘船沉到大海里去了，船上的人还在拉小提琴。后来我才知道是《冰海沉船》。

特殊年月，即使是表面平静的日子也结束了，江苏路237弄17号的高家成了空洞的旧家具堆积处。

高士愚当年的付出，全部烟消云散，消失得无影无踪。

当年我隐隐约约听到一些高家的消息，江苏路愚园路一带抄家成风，我家也自顾不暇。回想起，我和高醇华一起吊在行驶卡车的车斗后面，从237弄弄口吊到弄尾的搪瓷厂大门口。可是，1966年以后，我再也没有勇气去找幼年的玩伴。

高施嘉德实在想不通这算是怎么一回事，一直认为自己从心底热爱中国人民，在抗战时就与中国人民同甘共苦，奉献出自己的青春。自己什么坏事都没做过，却遭到侮辱加唾沫，恐惧如影随形。瘦弱的她，不知从哪儿来的力气，移动橱柜顶住二楼卧室门，防止乱七八糟的人砸门冲进来。有时高施嘉德实在受不了，便跑到离家不远的江苏路派出所去，请求拘留她，以躲过莫名其妙的随意侵害。但警察不肯拘留她，让她回去。

特殊年月的某一个春节，高家以前的保姆佩吉，准备了丰盛的年夜饭，热情邀请高醇芳和弟弟高醇华去她华山路的家过年。她用手绢抹着眼泪，询问高家父母的近况。她说她很想请老东家来她家吃饭，但怕时局不允许。她把许多很少能吃到的好菜，装了好几大碗，让姐弟俩带回去。高醇华一个同学的母亲在诸安浜小菜场有个鱼摊，她经常叫她年幼的孩子天不亮就给高家送些新鲜鱼。一来那时候鱼是稀货，很难买到；二来是怕被发现跟"黑七类"资本家有来往，惹麻烦。

所谓革命也是物质的剥夺。不久，抢房风席卷上海，高家一楼，原来放置三角钢琴和大幅油画的豪华客厅、餐厅，被三夹板纸筋石灰隔成四小间，住进了四家人家。进门单间住进一对夫妻。汽车间被改建成二层楼小房，由房地产造反派的头头一家占领。露台也三面砌上墙，装了个门，搬进一户人家。整个江苏路237弄17号成了大杂院。

1960年11月，高士愚的工厂改为国营上海第十八毛纺厂。自此以后，这位天真的企业家没有了工资，只有全家每人12元的生活费。幸亏有在香港的好友和旧属每月汇款来救急。上海又刮起送待分配青年上山下乡之风，居委会干部经常组织人拿着各种彩色标语，敲锣打鼓到高家来，要高醇华到农村插队落户。高施嘉德一听到锣鼓声，心就跳，血压就高，耳鸣呼呼，整个身体像是着了火。她说，我只有这一个儿子，他又有哮喘病，我一定要把他留在身边。

江苏路已经没有什么好留恋的，申请回英国探亲应该是理由。这个皮球在当时的权力部门之间踢来踢去，踢到一家人绝望。

1972 年，高施嘉德鼓起勇气，给孙夫人写了一封信。孙夫人立即指示秘书回信，并附一封信给上海当局，全文如下：

上海市革命委员会：

　　住上海市江苏路 237 弄 17 号的高施嘉德（Marjorie Gao）和一中国人结婚，有儿女四人，久未回英国。她给宋副主席写信说，二十五年没有回家，年已六十，很想去英国探望两个年逾六十的姊姊和料理家务，并说姊姊们没有孩子，想看看她的孩子，她本人眼、耳不好又患高血压。因此，要求带两个小女儿回家一趟，路上有照顾，年老的姊姊也可以看到孩子们。

　　高施嘉德解放前曾为中国福利会做过工作（帮过许多忙）。宋副主席嘱我们把她的要求转达给您们，并望她能取得准许去往英国旅行。

　　此致
敬礼

　　高施嘉德收到信，把这封信寄给了上海市革命委员会。

　　那时候，这个机构是谁在把持，就会明白结局如何。

　　最近，为了重拾记忆，我又去了一次江苏路 237 弄 17 号。

高醇芳和法国总统希拉克及中国驻法国大使吴建民

花园大门敞开，毫无阻拦，草坪荒废，杂物堆叠，东面露台封成房间后，又被人在花园里搭出一个披间，不成体统的建筑材料，像个乞丐的窝。我曾经把17号大杂院照片，微信传给幼时玩伴高醇华，他回复了一个流泪的表情包，我也无言以对。王谢堂前燕的旧事，不堪回首。

出国的事情，在1973年出现了转机。通过朋友口信，高施嘉德把自己的情况告诉了英国的妹妹，妹妹写信把姐姐情况告诉了英国外交部，英国外交部立刻把信转到北京英国大使馆。1966年，红卫兵烧了英国代办处，侨民的信息全部付之一炬，新上任的年轻领事麦克·理查森（Michael Richardson）完全不知道上海还有哪些英国人，全部失去联系。麦克和副领事到上海专程上门，了解情况。终于，某局通知可以领取护照，据高醇芳回忆，某局的人非常客气，还说："欢迎你们再回上海。"1973年12月5日，高施嘉德、高醇芳、高醇华泪眼婆娑离开江苏路，从罗湖出境。几乎身无分文，高施嘉德唯一允许带2000元，仅够她买一张从香港到伦敦的机票。高施嘉德从此再也没有回过中国，这么多伤痛的旧地。

1975年4月，高士愚被批准离沪，有关部门准许他兑换6元港币，是从罗湖到尖沙咀的火车票价。这个曾经满怀豪情的企业家，此时已经63岁，他把财富和岁月都留在了身后。他以为可以大展身手的地方，直到监督劳动，扫地，他还在研究避免绒线起球的事情，编写到一半的中英文纺织词典，只好彻底放弃。

高士愚1993年在美国去世，终年81岁。

高施嘉德以94岁高龄在美国去世。

我看到两位老人的一张照片，在江苏路237弄17号最困顿时候，那是1969年2月，57岁的高士愚穿一件中式棉袄，微笑中带一点点无可奈何的表情。太太抱着大女儿的满月宝宝，典型的外婆宠外孙的样子。取暖的炉子连通白铁烟道，炉子上有水壶。背后隐隐约约是一个损坏的壁炉架，堆满杂物。壁炉架两根立柱之间，细绳上一连串的婴儿围涎，有待烘干。

不久前，我和巴黎的高醇芳通话，她说即使再困难，母亲也是乐观的。她回忆起特殊年代一件特殊的事情：某年的12月25号，附近小学的孩子上门闹革命，他们不懂规矩，看到二楼的书房贴了封条，就扯下来，一看里面有钢琴，就乐了，要求女主人弹钢琴给他们听。高施嘉德不敢唱英国歌曲，唱了英文版的《我们走在大路上》。红小兵兴致很高，还要听英国歌曲，请求之下，高施嘉德唱了《玛丽有只小羊羔》《铃儿响叮当》《平安夜》等英文童谣和圣诞颂歌。孩子们好开心，一个个心满意足才离开。高施嘉德既高兴又伤心，感慨地说："真是圣诞节，周围有这么多孩子。"

这真是一个不可思议的场景，特殊年代的某个夜晚，全上海到处都是高音喇叭，声嘶力竭不停呼号，搞听觉轰炸的时候，就在江苏路，一个潦倒不堪的空间里，居然还有人在小声吟唱《平安夜》，舒缓的乐声响起，钢琴周围，聚集一群眼睛发亮的孩子。这样的故事，告诉如今的年轻一代，谁会相信。

# 四

　　江苏路 285 弄原来是一条死弄堂。这条弄堂吸引我父亲，是因为安静，我们又是最后一家，很大的花园。即使今天有机会走过这条弄堂，都可以感觉它以前的格局，只是几十年来，附近的工厂和房地产公司不断侵占花园绿地，加上居民搭建，颓败是不可避免的。1959 年，一场台风把弄堂最末一堵墙刮倒，那是深夜，大雨夹狂风，轰的一声巨响，房屋震动，留下一地废砖乱瓦，后面的一条棚棚弄堂就突然和花园洋房鼻头碰鼻头，江苏路和镇宁路之间突然出现了一个通道，从此人来人往，从臭烘烘的倒粪站、小便池，转身就进入花园洋房区域，反差巨大。自从江苏路和镇宁路贯通之后，仿佛大幕拉开，看到的是我并不熟悉的场景。后面的人住得这样破，这样烂，还有草顶的房子。那些人试探着到花园洋房弄堂来张望。以后，他们的孩子有些成为我的同学。我的这些同学聪明透顶，常常使我自惭形秽。

　　285 弄全部是独立的花园洋房，如果从江苏路进入，有近一百米的绿化，过了这一百米，才是 285 弄，是藏得很深的别墅群。双号从 2 到 36，再加 39、41、43 三个单号。住家包括企业老板、高级职员、教师、医生、美术电影制片厂的美工师、上影厂的美术设计师、过气的香港电影导演、旧官僚，还有一些在政府部门工作的人士。估计，上一代男男女女的造人时间比较集中，285弄我的同班同学就有10位。小时候，玩起游戏，狐狸先生几点钟，整个弄堂沸腾，都是孩子们的尖叫声。由于集中入学，公立学校收不下，于是，整个弄堂同届的孩子全部进入民办小学。现在，285弄看不到一个孩子，一百米绿化和毗邻的四德邨、良友别墅全部被推倒，畅园两栋高层堵住了285弄原来的入口，要进入，必须走旁门左道。

江苏路285弄像英文字母L，长的一竖通向江苏路和愚园路，短的一横通向镇宁路。长短线条的交叉处就是28号，张爱玲的后妈、吴征一家就曾经在此居住。看旧时老照片，那种宁静和安逸，仿佛按动了Replay键，突然回到从前。

据房产档案记载，这一排小洋房建于1925年，50年代还非常偏僻，附近有大块空地，连到中西女中（市三女中），有人种菜，甚至有人养羊。因为是一条死弄堂，洋房的枪篱笆非常低矮，也没有人跨越，送牛奶的人只需把奶瓶放在花园外，陌生人除了花匠、邮递员、送鱼虫的乡下人，几乎看不到。周围有数株大桑树，届时桑子满头，紫得发黑，又大又甜。在桑树底下，曾经出现过蛇，我亲眼看到派出所的人用笼子将一条蛇抓走了。

285弄28号有两个人近来常常会被提起，一个是吴征，一个是张子静。吴征就是杨澜的老公，媒体上见到他，总是倒梳油头，八字胡。吴征小名叫东东，小时候很乖，书也读得好，爸妈是教师，管得也严，复旦大学毕业又去法国留学。吴征爸爸年轻时是个帅哥，头发天然卷，皮肤白皙，像他奶奶。东东长得像妈妈。一天，东东带着一年轻女子回家，弄堂里的人不大在意，后来想起来，那个腔调老好的女子就是杨澜。杨澜那时候青春洋溢，已经从央视主持的位置下来，结束了和张一兵的第一段婚姻，开始在凤凰卫视做主持，杨澜走进285弄的时候，东东正在创立阳光传媒，杨澜的加入，便有了两层意思。东东有一个伯伯，弄堂里小孩子有点怕他，他有时候会很奇怪地对着电线杆子站几个小时，下大雨都直直地站在那里。但从来不打人骂人，外貌斯文，穿着得体，面相和善，很难想象他会有这样的表现。吴征一家住三楼，上海滩所谓假三层，就是坡屋顶加老虎窗。

张子静住一楼，偏西一小间。张子静被媒体提起是因为他的姐姐张爱玲。张子静就是他姐姐笔下的脓包弟弟，一个红鼻头瘦老头。

285弄太奢侈了，不断革它的命是理所当然的。特殊时期，285弄几乎只只门牌号头翻箱倒柜，谁都别想独善其身。

对小孩子来说，最热闹的事是看别人抄家。39号有两家的批斗印象深刻，一个是旧上海警察局长宣铁吾的秘书，小学同班女同学李雁西的爷爷李铁僧，洋瓶底眼镜，斗的时候缩得像只虾米，脖子上挂满步枪枪栓，那些锈迹斑斑的东西是从院子里挖出来的，39 号不大的院子，拉了几个 100 支光的灯泡，照得通明透亮，花园整个翻了一遍，挖地两尺半，枪栓就是战利品。老头坐实了反动派的命。后来，家属说，枪不是老头的，是原来住 39 号一个"和平军"师长的，老头对外来者说，我眼睛 1400 度，门口来个什么人都看不清楚，要枪何用，当然这些人是不会听的。另外一个是李雁西的舅公，钟先生，我母亲这样称呼他，老头抽雪茄，瘦瘦矮矮，鼻毛露出，困难时期给邻居做衣服，就在花园洋房客厅里，阳光照在好看的布料上，钟先生闷头量、裁，两个白净的老婆婆踏缝纫机，雪茄香喷喷烟雾弥漫。批判钟先生，两个老婆婆作陪，站在方凳上，摇摇欲坠，作投降状，一个老太身体有疾，一只手举不起来。原来她们是一对，是姐妹。大办里弄食堂的时候，钟先生还一度做过会计。全国的集体食堂最终悲剧性停办，一天，我看见钟先生把煤球炉子放在弄堂中央，烧一叠叠纸片，走近一看，是一沓沓饭票菜票，饥馑时代，多少人看了，会眼睛发亮。据说钟先生是善终的，风雨暂缓，北京的小辈接老人家过去。几年前，钟先生的后人，一位北京律师还通过微信联系，希望得到更多 39 号的情况。

90 年代，弄堂已经难掩颓相，张爱玲的弟弟张子静刚刚获得 28 号一个小间的居住权。张爱玲把弟弟描述成一个窝囊废，也许加重了他的废物倾向。张子静一直在郊区的中学教英文，退休后没有方向，一直也没有女人。后来有心人协助，张

江苏路 285 弄 28 号，张爱玲父亲、继母、弟弟都在此终老

楼下的一间，长期由后妈孙
用蕃居住，现在的违章搭建，
把南侧和西侧的窗都堵上，
仅留一扇

爱玲后妈身后的这间十平方多一点点的房子给他栖身。本来的玻璃窗都用报纸糊了起来，一只古董级的黑白电视机，闪发闪发。张子静一件灰灰中式棉袄，抄着一只空瓶，到弄堂口小店换一瓶低价的葡萄酒。那时候，已经有张迷来瞻仰 28 号，有些台湾张迷，由圈内人带着，恍恍惚惚的，走进 285 弄，以为有什么灵异出现，眼前除了老洋房的骨架还在，一派衰颓。那些人多多少少给了张子静一些钱，让他过得好一点。

28 号这幢房子在 285 弄里有点不合流，其他小洋房风格显著，细节还可以略观一二，28 号就平实许多，方方正正，没有什么凹凸，三楼带坡顶。这房子最早的主人是上海滩大亨虞洽卿，后来给美国人开私人医院，40 年代，陆续有人搬进来。其中包括张爱玲的父亲和后妈。我们都叫老太太姑姑，张爱玲将后妈描述成一个恶妇。"我父亲要结婚了……如果那女人就在眼前，伏在铁栏杆上，我必定把她从阳台上推下去，一了百了。"这是张爱玲在书中写下的文字，满满都是对这个后妈的恶意，让孙用蕃成了民国时期最有名的恶毒后妈。张爱玲的文字力量太大，无以辩驳。其实姑姑是一个非常高雅的老太太，我对她用高雅一词，尚觉无力。姑姑极有风度，面容端庄，皮肤是那种几代人过好日子积累下来的白皙。孤身一人，却把日子过得稳稳当当。和邻居合用一个保姆，冲冲热水瓶，磨磨芝麻粉。她很喜欢弄堂里乖的小孩，把他们叫来，给他们吃蜜饯，糖果，还冲芝麻糊。我在信箱的玻璃小窗口看到一封给她的信，写着"孙用蕃收"，我很纳闷，女人怎么有这样的名字。那是寄卖商店寄来的，说某件裘皮大衣已经出手。知道张爱玲和姑姑的关系，是许多年以后的事了。她已经不在人世了。

要知道，姑姑孙用蕃可不是等闲之辈，她的父亲孙宝琦做过民国外交部长、总理。孙用蕃的父亲娶了一妻四妾，孩子有24个，其中女儿16个，孙用蕃排在第七，因此人们都叫她七小姐。有人称一代豪门名媛，稳坐上海社交名媛的头把交椅，与民国才女陆小曼、唐瑛等人是闺中密友。

江苏路285弄的败落开始加速，张爱玲的后妈——姑姑的身体也衰弱下去，家具也越来越少。她一直是靠变卖家产来维持。早先，姑姑的房间虽挤，家私都是吃价钱的老货，座钟、照相架子都精致美观，连盛芝麻糊的碗盏、调羹都要甩顶级餐厅几条马路。有一个时候抄家物资寄卖商店都消化不掉，姑姑的这点东西也三钱不值两钱。再后来，在弄堂里碰到姑姑，我不敢认她了，她已经半盲，五官都走位了，眼睛上敷着怪怪的东西，用一点点余光看人。手里的士滴克依然是老货。她叫了我的小名，"你认不得姑姑了。"她说。"认得认得，姑姑你好吗？""好不了了，好不了了。"姑姑讲的还是标标准准的北京话，非常标准，不是那种胡同串子的京腔，偶尔带几分苏州音。她走路的姿势也变了，像一只断脚蟹，也没有人扶着。

她死在1986年，后来才知道，姑姑她嫁给张爱玲的父亲张廷重时已经30多岁了，抽鸦片，不育。张廷重当时还有19处不动产，金圆券时候听了蒋经国的话，交出硬通货和贵金属，结果一路败下来，到住进285弄28号，几乎光光了。28号的这间房子里，死过三个人，张爱玲的爸爸，张爱玲的后妈，张爱玲的弟弟。

风云一起，285弄立刻涌进来许多抢房子的人，有的轧在汽车间里。有些人极其猥琐，其中有一个，给他起了个绰号叫"挺半泡"，"挺"要用上海话来理解，就是留下，余下，剩下的意思。"挺半泡"用塑料大盆滴水，小水表不转，每个月的水费电费都是一度，抠门得吓死你。

抢房子的人，大多社会层级低下，所有日子都过在弄堂大庭广众，吃饭摊在弄堂里，洗衣机的出水管往弄堂一放，肥皂水泄了一地，洗澡脚盆一个人就坐在里面。

无事寻衅打架欺负人的流氓，开始霸占老洋房的空间，一伙人赖在弄堂里，对每一个路过的人扔石头，稍有不从，即要"配模子（打架）"，社会风气大变。

285弄原先有一块空地，后来成为十八中学的操场，有事没事，喇叭就放革命音乐，哇啦哇啦地讲话，广播体操。

花园旁边的临时房子，住进了十八中学的一个嘉善籍青年老师朱某，师范学校毕业的朱某自说自话开了一道门，进入私人花园，仿佛理所当然。一次夜里，我们几个同龄人捣蛋，想看看窗户后面朱某在干什么，爬在上面的小朋友下来后，笑得在地上打滚，问他发现什么，说看见朱某在洗屁屁。朱某嘉善新娘子来，带到花园乘凉，女子一看就是年轻老实村妇。后来，朱某被抓判刑。原因是朱某成为学校毕业生工作组负责人，毕工组，对学生留沪或插队农村具有生杀大权。资深老师都避之不及，知道这是一个得罪人的工作。朱某以和女学生发生关系为酬，给人留沪名额，这是不可饶恕的大罪。从此花园清净，可怜的是那个乡下女人，不知道后来怎么样。

回到28号，现在照片里看到的张爱玲家人栖居的小间，窗户被人改成铝合金，采光面缩小很多，以前是木窗，和楼上的一模一样。张爱玲的父亲张廷重死在这间房间里。张廷重清代遗少，也是出身名门世家，他是清末名臣张佩纶与李鸿章之女李菊耦的独子，只是张家早已风光不再，张空有满腹经纶，郁郁不得志，遗少恶习尽显，嫖妓，抽大烟，赌钱，如此堕落，张爱玲母亲黄逸梵扭头离婚，远去他国。继室就是孙用蕃。张廷重死于50年代，小时候隐约有一点印象。某日，周围的人突然神色怪异，小孩子挤在姑姑家的玻璃窗下，挤在前面的人说："死掉了，死掉了。"又有人说："看，看，给死人换衣裳了！"屋里传来声音："压一压，压一压，让肚皮里东西吐出来。"安静了一阵，突然只听得"大脚风"娘姨拍手拍脚大叫起来："老爷升天了！老爷升天了！"张廷重的确气绝了。《色·戒》拍竣，张爱玲家庭的陈年往事也会被人捞起来讲讲。"大脚风"娘姨是湖州人，喜欢用篦子沾水，将鬃髻梳得溜光，她得丝虫病，一条腿很粗，人家不敢当面叫她"大脚风"，只是暗叫。后来收尸的三轮摩托开来，旁边的车斗真像棺材，小孩子越怕越要看。一个从来没有赚过一分钱，却挥霍掉许许多多钱的人，就这样走掉了。"大脚风"一直在哭哭唱唱，好像是完成仪式。

运动一来，285弄不少人家被扫地出门。混乱开始了，愚园路一带传来许多名人自杀的消息。突然有一天，传说28号东东（吴征）的奶奶自杀了，我心里咯噔一下。那时东东的奶奶尚在中年，是一个非常漂亮的女人，个头不高，鼻梁笔挺，皮肤白皙，说话轻声轻气。好像听说一直在医院上班，又听说是吃"来沙尔"自杀的。后来邻居回忆说，东东的奶奶早就有思想准备，走之前一家一家人家去关照，以后借打电话不要客气，来就是了。当时有私人电话的人家极少，吴家有，挂在二楼通向三楼的楼梯口，为此，经常不厌其烦，呼邻居接电话。

1967年大字报开始刷上墙体，谁轧姘头谁走私黄金，写的人都像"包打听"。写东东奶奶的大字报贴在28号花园里，所用字眼尽管污浊，旁观者看得多了也不觉得特别耸动，但是对于当事人，特别是有教养讲体面的，绝对置人死地。

现在想起来，这些大字报，抛出来的许许多多所谓材料，并非年轻人所为。像东东奶奶这种举止娴雅，态度矜持，见过世面的女人，说不定单位里有几个妒忌者、吃豆腐不着者，或是当年低级别的仇富者，乘机"以革命的名义"敲你一记。东东奶奶是1968年8月5日走的。死前被人隔离毒打，是岳阳医院的革委会造反派弄她。晚辈非常克制，一点动静都看不出来。

死人的事是经常发生的。后弄堂的水井里也跳下去一个人，第二天，打水的人发觉吊桶老是沉不下去，才看到了尸首，跳下去的是走路八字脚的沈家阿伯，镇宁路的一户人家，以前是富裕的，后来在自家客厅里摆小人书摊，可见有多落魄。他怎么跑到这里来寻死的，我一直不明白，也许这是周围唯一能够找得到的开着的水井。后弄堂自杀的还有电影演员邓楠，邓楠是黄胡子北方壮汉，演过许多角色，如《铁道游击队》鲁汉、《51号兵站》黄元龙，经常看到他拿着钢种镴子到弄堂口买生煎，几乎隔天就去。后来再没有看到邓楠买生煎，说他自杀了。

关于东东奶奶的经历，是过了快三十年，吴征出名以后，查找资料才知道的。

东东奶奶叫爱伦，30年代沪上名医杨妙成的妻子，苏州人。育一子名杨之光，就是后来把国画人物画出"外光派"效果的广州美院副院长。60年代的作品《女矿工》蜚声画坛。1935年，爱伦与杨妙成有隙，遂与知名大律师吴凯声结婚，吴凯声即吴征的爷爷，年轻时候赴法国留学，获得里昂大学法学博士学位，并用法文撰写了《中国不平等条约史》和《中国宪政史》两部著作。学成归国后曾在上海为开业律师，是当时上海法租界第一个获准用英语、法语辩护的中国律师，被誉为"民国大律师"和"中国近代法律界的泰斗"。他曾参与营救多位中共领导人及将领，被称为"共产党的老朋友"。吴凯声曾为国民政府外交部担任驻日内瓦国联（联合国前身）公使、国

张爱玲与父亲张志沂（又名张廷重）、弟张子静

联修改盟约委员、国际劳工局副理事等多职。当年在上海滩，他与人谈话两个小时可得一根金条，办两件小案可购得一辆汽车。与上海滩各种势力都有交往，帮中共廖承志、陈赓等都办过案子，暗中与周恩来交往频繁。吴凯声与爱伦育有三子，其中一即为吴立岗——吴征的父亲。吴立岗与民国名人邵洵美之女邵阳结婚，即为吴征母亲。据《吴凯声博士传》介绍，汪精卫早就赏识吴凯声的外交才能，加上他又是当时上海红得发紫的大律师，为了壮大声势，决定邀吴凯声任汪伪政权的外交次长。而吴凯声得到国民党秘密指令，决定潜入汪伪政权的中枢。吴凯声在法租界归还的过程中，因为精通法语，又熟悉各种法务条款，遂成为许多法律文件的起草和监读人。抗战胜利后，国民党惩治汉奸，不分青红皂白地将吴凯声投进了监狱。吴公馆一大群曾经前呼后拥的仆人被遣散了。当局中的一些人，视多次帮助营救共产党人的吴凯声为眼中钉，欲判其罪。幸而吴凯声的母亲从观音像座底下取出蒋介石亲署的嘉奖令交法院，证明其地下人员的身份后，才得以换来一句"对不起吴先生误会了"进而无罪释放。那时候，爱伦则带着她与吴凯声所生的吴立峯、吴立岚、吴立岗三个男孩子，用自己的积蓄，在江苏路285弄28号买了其中一部分房子，与吴凯声脱离关系，过自己的日子。后来，我才明白，当年的大字报有汉奸小老婆字眼，即指此事。

关于吴凯声的晚年，80年代后期，政府欲修改宪法，还特意请吴凯声北上参与。有报道说：1989年12月11日，吴凯声90大寿，设寿堂寿宴于静安寺，来宾包括上海市原市长汪道涵、孙中山先生的孙女孙穗芬、法国驻上海领事馆总领事石巴和、法国外贸部驻北京代表罗曼以及上海文化界一些知名人士。几年后，吴凯声去世，吴征与杨澜在报纸上刊登讣告，用词简约，称"无疾而终"。

有一次，在小松家的派对上遇到杨澜，我问杨澜："侬晓得吴征小名哦？"杨澜不假思索回答："东东呀！""小辰光我一直揩伊头。""是哦？"和所有正宗上海小姑娘一样，杨澜将"是"的发音拖得长长的，在"哦"上收拢。揩头大概就两三次，我有一点点夸张。杨澜的上海话标准得超过许多年轻人。

吴征的外公邵洵美，也是一位上海滩的潇洒文人，为朋友，为自己的喜好，挥金如土的名士做派，在这个时代已经绝种了。1925年初，同为晚清官宦后人的邵洵美与盛宣怀的孙女盛佩玉订婚后，赴英国剑桥大学留学。就读经济系，课外自学英国文学，醉心于英诗。1925年暑假，又去法国巴黎画院学了一段时期绘画，与徐悲鸿、张道藩、常玉、王济远等人结识。

邵洵美返国后，1927年，邵洵美与盛佩玉结婚。婚礼在卡尔登饭店举行，证婚人是复旦大学创始人马相伯。邵洵美写诗，做翻译，开书店，做出版，开印刷厂，买最先进的德国彩印机器。并先后主编了《狮吼》月刊、《狮吼》半月刊、《金屋月刊》。

郁达夫说过，"我们空下来，要想找几个人谈谈天，只需上洵美的书店去就对，因为他那里是座上客常满，樽中酒不空的"。

1928年，左翼作家领头人夏衍在上海生活困难，托人将译稿《北美印象记》介绍给《金屋》，邵洵美热诚相待，安排出版，并立即预付稿酬五百大洋。

成立时代印刷厂后，因为开销巨大，最后邵洵美连妻子的嫁妆都变卖了。当时"时代"号称拥有九大刊物，按创刊时间依次为：《时代》画报、《论语》、《十日谈》、《时代漫画》、《人言周刊》、《万象》画报、《时代电影》、《声色画报》、《文学时代》。1938年，毛泽东《论持久战》在延安发表。邵洵美请人将该文译成英文后，立即将其在《直言评论》（《自由谭》英文版）上连载，并加按语："近十年来，在中国的出版物中，没有别的书比这一本更能吸引大众的注意了。"又出版了《论持久战》单行本。1939年1月20日，毛泽东专门为英文版《论持久战》写了名为《抗战与外援的关系》的序："上海的朋友在将我的《论持久战》翻成英文本，我听了当然是高兴的，因为伟大的中国抗战，不但是中国的事，东方的事，也是世界的事……"邵洵美又亲自将这篇序译成英文，列在单行本前面。《论持久战》英文版共印了500本，一部分由邵洵美在夜间开着汽车，与人一道，将书塞到霞飞路、虹桥路一带洋人寓所的信箱里。《论持久战》英文本在海外发行后，立即得到了国际上的积极响应和高度评价。据说，丘吉尔、罗斯福的案头上，都放着《论持久战》英文本，斯大林的案头上则放着他专门请人翻译成俄文的《论持久战》。

可能因为出手太大，有点冒尖，且长得帅，又在文学上玩唯美，有人侧目。鲁迅看不惯邵洵美，有一句："邵公子有富岳家，有阔太太，用陪嫁钱，做文学资本。"似乎讲了钞票，没讲立场，嫌弃肯定是有的。大先生一言九鼎，使邵洵美名声不佳。

1958 年，邵洵美提篮桥坐牢，四年后释放。此后六年，邵洵美穷困潦倒，于 1968 年吞食鸦片自杀。那时候吴征两岁。不清楚吴征和他的外公有过什么接触，一个老外公，对一个学语幼儿，也说不出什么道道。吴征的爷爷吴凯声也坐牢，还好有陈赓搭救。

近年来，邵洵美对早期上海出版业的作用被重新评估，他的诗作也重新出版。


28 号故事还没有完。"大脚风"帮佣的另外一家住二楼，周围都叫这家的老头"舅公"。舅公的眉毛长得耷拉下来，一张和善的面孔，非常咋咋呼呼，还算是居民小组长。有时候会指责谁家的阴沟塞住了，谁家的厨房有蟑螂屎，反正只要居委会号召，舅公就积极响应。28 号人家不少，舅公住在吴征家和姑姑家中间，夹心饼干。他雇了"大脚风"当娘姨，"大脚风"帮姑姑做，算是兼职，反正厨房是合用的。

1958 年的时候，弄堂有些不对劲了，舅公带着一帮子人来拆花园洋房上所有的铁附件，铁门、钢窗上的铁栅栏。我家的大落地窗的铁栅栏移门，几个壮汉都扛不动，用氧气瓶烧，好不容易拆开来。厨房后门外侧，一扇结结实实的铁门，也被抬走，据说是拿到上钢厂去炼钢了，我只知道上钢厂是在很远的地方。

弄堂里的空地上，不知道哪里来的人也开始炼钢，挖一个坑，砌什么高炉，就在花园洋房旁边生火，穷烧，后来停了，一堆乱砖不了了之。每家还要贡献一种粉，就是将砂锅捣碎，捣成粉末，交到舅公那里去，说是国家炼钢要的。在舅公嘴里，国家是一个大而抽象的存在，它的需要是无可置疑的。

舅公所干的一切，是不拿一分钱的。

# 五

如果你现在到江苏路靠近愚园路去找285弄，先看到的是两栋高层"畅园"，2号线地铁站出口就在畅园脚下，绕开畅园，才能找到弄堂入口。因修建地铁，一下子将30年代留下的五六组连体别墅和多栋独立大洋房拆得精光。最近过愚园路江苏路，热闹啊。热闹得有仓皇之感，谁都马不停蹄。当年的热闹是一阵一阵的。炼钢的事说没就没了，花园洋房周围开始建工厂，我一直不清楚某类人对花园洋房是否有着强烈的仇恨心理。工厂就盖在花园洋房旁边，车床对着家里的客堂间，搪瓷厂的烟囱在你家的头上天天撒着煤粉。这不是一幅漫画，这是60年代发生的事情。

285弄弄口正对着安定坊，安定坊弄口一边是大翻译家傅雷的家，一边是基督教惠慕堂，车床搬进去，教堂里行车吊车戳天戳地。我的同学就是牧师的儿子（牧师离特务还差一点点），我觉得他一直很自卑，从来没有开心过。当时傅雷家和惠慕堂之间还有一间很小的理发店，我班上一个头发黄黄、有点营养不良的小女生就住在里面。有一天小女生被派出所叫去，回来以后所有女生都用怪异的眼睛看她，有些暗暗地在传话。原来小女生投靠的是她的亲戚，那个剃头匠动起了还没有发育的小姑娘的脑筋……派出所让小姑娘去指认，结果那个剃头匠判了刑。她没有多久就转学了。

60年代初期，285弄面目已经一天世界，铁栅栏拆光了。破汽车放在弄堂里，机油流得一地，弄堂露天露地变成汽修厂，安定坊也堆满电动机。洋房的汽车间没有汽车了，办起了生产组，老阿姨在里面糊纸盒。马路上拉劳动车的"大泼势"女人到花园洋房弄堂来找小便的地方，就往绿化后面一蹲。邻近省份的饥民开始来弄堂要饭。后来粮食供应出现问题，副食品也出问题了，家家在花园里种菜养鸡。以前的太太们见面，总是谈谈麻将台上的手气，现在开口问："倷屋里的鸡出蛋了哦？"报纸上开始宣传山芋的营养，大米不能全额供应，要部分换成山芋。弄堂开始堆山芋，一麻袋一麻袋，班级里的"猫狗""小宝"去偷，用铅笔刀削皮，大口大口地嚼，很自得。成年后，这两人成为职业三只手。

我一直以为，某些人对花园洋房和南京路是极端对立的。当年有一张非常出名的照片，反复刊载，一队军人推着一长串粪车从国际饭店门口走过。这绝不是本雅明对摄影的论断所可以解释的："从消逝的东西中看到一种新的美。"粪车和现代商业文明，和曾经是灯红酒绿的地方"冲撞"，暗示对"人欲"的最后一次荡涤，就要山雨欲来。

表面上，傅家的花园里，月季花芬芳吐艳，这是傅雷煮字生涯里最最热衷的事情。其实傅雷的家已经风雨飘摇，傅聪乘

127

出国钢琴比赛，"逃脱了"，这是弄堂里经常被议论的事情。

傅雷是 1966 年 9 月 3 日和太太朱梅馥一道自杀的，那天正好是我的生日，所以总是没有忘记。拉拉扯扯已经讲到马路对面傅雷家的 284 弄。

1964 年的春天，我到江苏路 284 弄傅家后面几个门牌号码，一个讨人喜欢的女同学家里"开小组"（几个人一起做作业），以对付即将到来的考试。那个时候的 284 弄安静，小洋房之间的树丛密不透风，微雨，绿得透出油来，忽然飘来植物的气息，介于香与不香之间。涂过柏油的篱笆被开满白花的枝蔓压弯了竹梢，整条弄堂，寂静无人。但是谁知道，就在白花的后面，傅雷在喘息，两年后便自我了断。近年来，我在欧洲的许多地方看到这样同类的弄堂，我似乎回到了早年的江苏路愚园路。现在，偶尔驾车经过旧地，我真不敢回望已经魂飞魄散的老屋。只有匆匆逃窜。

安定坊即江苏路 284 弄，江苏路北侧，1936 年建成，系假三层欧式花园住宅。进弄一组 5 幢，其余三组各为 4 幢，23 号为独立一幢。共五组 18 幢，有联体、双拼，是西区一流的花园住宅，总占地面积约 9500 平方米，建筑面积 15000 平方米。建造时每户均有花园，由竹篱圈割，呈现沪上 20 世纪 30 年代居住建筑之风韵。该地建筑平面活泼，门窗均带拱券，卫生、水电设备齐全，外墙面为干粘鹅卵石。建成后分幢出售或顶租。是沪上当时白领和中上层知识分子居住的小区，现在是

江苏路 284 弄安定坊大门

傅雷居住的安定坊 5 号

上海市优秀历史建筑。

安定坊的开发商，湖州人宋季生，整个江苏路284弄都是他的物业，宋春舫、宋淇父子，是第二代和第三代，一位是我国著名戏剧家、北大教授，一位是沪港两地公认的文化人。

宋淇的多重身份，更像一个传奇：30岁以前，一直在江苏路居住，和张爱玲交往甚密，至于张爱玲是否到安定坊他的居所做客，没有记录，但是我敢肯定，只多不少。否则，像张爱玲这种做事缜密的人，也不会让宋淇做自己的遗物保管者。

1949年，宋淇去了香港。对于电影观众来说，宋淇另有一重身份，他是香港国语电影的编剧和制片，不仅与李丽华、林翠、雷震等50年代红遍香港的电影明星熟识，还介绍张爱玲为电懋公司担任编剧，解决了身处美国的张爱玲金钱上的燃眉之急，也成就了后来的《六月新娘》和《情场如战场》等作品。同时，宋淇亦是钱钟书、傅雷、吴兴华的挚友，夏志清著名的《中国现代小说史》，其中有关钱钟书和张爱玲的章节，离不开他的引荐，他又是最早提倡以文本为先的红楼梦专家、翻译家，笔名林以亮。还涉足时代曲，成为流行音乐作词人。

张爱玲、宋淇先后离世，张爱玲的14箱遗物交到宋淇的儿子宋以朗手里，遗作《小团圆》《雷峰塔》和最新的《少帅》都是宋以朗陆陆续续"出送"，交给出版机构，每一次亮相，都是张迷的节日。

是宋淇将自己家族开发的安定坊的房子借给了傅雷一家。1947年，傅雷搬到了安定坊，一开始，傅雷住3号，1949年后，宋淇去了香港，才将自己原来住的 5 号让给了傅雷。

傅雷最终弃世的安定坊 5 号，是一幢二户双拼式独立花园住宅，建筑面积 382 平方米，建筑用地 563 平方米，主体二层，三层是老虎窗，又称假三层。砖木结构，主入口在进弄左侧，建筑的东山墙，局部用方柱挑空，形成门廊，机制平瓦陡坡屋顶，山墙木构架外露，有别于英国建筑，属德国建筑式样，南面底层有披出廊屋，上盖机平瓦，屋檐全部外挑，二层有内廊。木门、钢窗、木地板。南面有一近 100 平方米小花园，种有棕榈、石榴、香樟等花草树木。傅雷更是植满了他钟爱的月季。

傅雷的客厅不是一般人可以进入的，娇客之中，黄宾虹、唐云与傅雷有深厚的友谊，两位都是中国画大师，常将得意之作示于傅雷，任由傅自己挑选。唐云一直居住江苏路中一邨，与傅雷寓所相隔仅约三百米，两人由于情趣投合，也过从甚密。

傅雷温和脾气和他的暴怒形成鲜明对比。在安定坊隔壁人家帮佣的宁波娘姨陆春莉回忆说：傅雷以前住在她隔壁，会听见他大喊大叫，还扔东西，或打自己的两个小孩。佣人们私底下用上海话称傅雷是"神经病"。傅雷的这种间歇性的发作，缘于幼年的遭遇，由于父亲被人陷害致死，三个兄妹早夭，母亲唯剩傅雷一支独苗，在督促其学习方面无所不用其极，打骂是轻的，甚至把傅雷绑起来，企图扔到池塘里去。傅聪在学琴的时候没少挨父亲打，好友翁宗庆老人到傅雷家闲坐，傅雷一边和客人聊天，还一边关注着在楼上练琴的儿子，常用一根长竹竿捅天花板，敦促儿子认真练琴。就是在安定坊 5 号这幢房子里，傅雷依靠谆谆教导加少许暴力，培养出了中国知名的钢琴家傅聪。

安定坊并不安定。傅雷的邻居，贴近江苏路的安定坊 1 号，住着萧乃震与成家和夫妇。1947 年，夫妇两个迎来了女儿萧亮，也就是日后香港著名影星萧芳芳。成家和大美人曾经被刘海粟看中，刘海粟与妻子张韵士离婚后，与成家和结婚，开始第二次欧洲之旅。刘海粟和前妻张韵士生育了几个孩子，刘海粟四十岁，成家和为他生下了一个女儿。抗战爆发后，刘海粟去南洋举办画展，疏于对妻子的关怀和照顾，夫妻关系产生裂痕，1943 年，成家和离家出走，后两人离婚。成家和嫁给了德国留学生萧乃震，住进安定坊 1 号。

成家和有一个同样美丽的妹妹成家榴，还是一个女高音歌唱家，一来二往，加上成家榴要跟隔壁的傅雷请教西方音乐史，美丽的外貌加上活泼的性格，与稳重内敛的朱梅馥完全两种类型，使得傅雷不能自持，一下子和成家榴坠入爱河。这时候的傅雷，已经是两个孩子的父亲，朱梅馥一切都看在眼里，1 号和 3 号之间发生的事情，哪里躲得开朱梅馥一双聪慧的眼睛。但是朱梅馥知道傅雷的脾气，她也明白成家榴最终别无选择，尽管傅雷成家榴两个人爱得死去活来。

当这件事成为历史之后，成家榴说："每次看到朱梅馥纯真干净的眼神，我都有种罪恶感，这种罪恶感一直伴随着我，朱梅馥这样的女子不应该被辜负。"

网上有一张照片，安定坊 5 号客厅，傅雷和傅聪肩靠肩研读文本，妻子朱梅馥坐一侧沙发上结绒线，这是 50 年代初期短暂的安逸日子。一场爱情的暴风雨刚刚过去，傅雷对成家榴一见钟情，外界传得纷纷扬扬，他开始疯狂追求成家榴的时候，给成家榴写了很多情书。傅雷对他与成家榴的婚外情并没有遮掩，朱梅馥依旧按照对待客人的礼仪端茶倒水，准备膳食，对两人在书房密谈没有表现出丝毫不悦，如什么事都没发生一般。几天不见成家榴，傅雷整个人烦躁不安，无心工作。朱梅馥便打电话给成家榴："快来看看老傅吧，陪陪他，他写不出来了。"

成家榴年老的时候，曾与傅聪聊过自己与傅雷夫妇的过往，她说："你的父亲很爱我，但是你的母亲太好了，到最后我不得不离开。"成家榴去了外地，嫁给一个国民党军官，后来离婚，又重新嫁人。

如果有人问我，对傅雷先生的婚外情怎么看？

我会回答，我不是道德洁癖者，才情，后缀一个情字，很正常。

如果你今天路过安定坊，这些被翻修过的老洋房，安静矗立，成家和与萧乃震曾经住过的 1 号，由于 90 年代江苏路拓宽，已经不存。地铁出口紧靠安定坊花园，高峰时段人进人出，谁还留心这里曾经的入髓之痛。

傅雷在书房写作

傅雷与朱梅馥

傅雷与傅聪交流，朱梅馥在一侧结绒线

傅雷是 1966 年 9 月 3 日和太太朱梅馥一道自杀的，我已经说过，那天正好是我的生日，所以总是没有忘记。

以前，我的一个同事，女的，叫秦向明，就住在安定坊 5 号傅雷的房子里，她家里是军人。"文革"中，扫地出门的人家房子空关，部队的家属住进去，傅家类似。我借见同事为理由，进去看看，厨房几家人家合用，有点乱，也看得出以前傅家是体面的，留下的料理台、煤气灶老式的，很"硬扎"。每间房间的门都高畅，很高很厚的深色门套，有护壁板。楼梯沿墙壁上去，扶手是大料硬木。

就是这个楼梯，1966 年 9 月 3 日早晨，保姆周菊娣走上踏步，去给三楼先生的卧室搞卫生，推开门，周菊娣呆住了，傅雷躺在床上，已经没有任何气息，朱梅馥用白被单将自己吊在钢窗的横杠上。消息传出去，户籍警察左安民赶来，发现书台上有一个包裹，折起的地方用火漆封固，非常郑重其事，上面还附有一张纸，写着："此包由朱人秀会同法院开拆。傅、朱。"朱人秀是朱梅馥的哥哥。经过请示，包裹被打开，里面有几个装着钱、物的信封，以及一封书写清晰的遗书，这封遗书在一些地方发表过，但不显著，相比《傅雷家书》，影响小得多。除了表示自己并不反党，自己多余以外，还谴责自己教育出一个叛徒（指傅聪出国未归）。有两点是提到保姆的：旧挂表一只、旧小女表一只赠保姆周菊娣。600 元存单一张给周菊娣，作过渡时期生活费。她是劳动人民，一生孤苦，我们不愿她无故受累。一个小信封装有现钞 53.50 元，傅雷写明：作为我们的火葬费。

我希望我母亲回忆，那天我是怎么过的，她实在想不起来。

9月2日，他们夫妇临走的那天，朱梅馥对阿姨说："菊娣，衣物箱柜都被查封了，我没有替换的衣服，麻烦你到老周（煦良）家给我借身干净的来。"因为抄家，书籍衣服之类都被封起来了。她不要让自己死得太难看。据法医分析，朱梅馥比傅雷晚走两小时，她看先生服毒后，慢慢剪开被单，打好结，用棉花胎垫好方凳，怕一脚蹬开时弄出动静，就走了。1957年的时候，傅雷已经遭受过一次打击。他表示，小儿子傅敏还小，否则早就走人了。

我说过，傅雷是泰斗，是应该像菩萨一样供起来的。至今安定坊5号没有挂傅雷旧居的牌子，只是把傅雷旧居说成出生地南汇周浦。但是总有知情者过来探视，偶尔他们有机会进入后院，因为5号并非空关，有住家，对来访者一般不欢迎。

年轻时候读傅雷翻译的《约翰·克里斯朵夫》，经常浑身发抖，我对于他笔下的"真勇主义"既爱又怕，他纠正了弄堂对面一个从未谋面的少年对人生的看法，包括成长、友谊、异性、死亡。

我问自己，我为什么要写这些不愉快的事。我想有些事情确实是非常偶然的。有些人是国宝级的，我们不可能像造汽车一样把他们造出来，他们几乎是上帝故意安排在我们中间的，人的典范。而因为我们暴戾，我们粗鄙，我们轻信，我们妄执

左起，后排成家和、朱梅馥、成家榴，前排萧乃震、傅雷

朱梅馥

出生于江苏路 284 弄 1 号的萧芳芳，日后
成为香港家喻户晓的影星

一念，以为真理，他们就这样，带着极大的冤屈，带着奇耻大辱，带着绝望和决绝，离我们而去。

法国人没有忘记中法文化交流的先驱傅雷，他们评价：中国翻译家傅雷的精彩译笔和高洁秉性，一直在中国读者心中有着不一般的位置。以这位伟大的翻译家命名的"傅雷翻译出版奖"由法国驻华大使馆资助，设立于2009年，用于奖励中国大陆译自法语的中文译作，至今已经14届，从未中断。

# 六

愚园路往西一点点，1088弄103号，我想讲讲顾圣婴，尽管她的住址不属于江苏路，但是，凭顾家和傅雷的友谊，我还是要说一点。

当时，顾圣婴的名气远远大于现今的李云迪、郎朗。她也是自我了断，死的日期是1967年2月1日。下文不重复关于批斗、耳光、开煤气的事情，也不讲她父亲顾高地服刑于青海，这些网上都可以查到。我只讲自己和顾高地偶尔的一次见面，只讲和俄罗斯老太太克拉夫琴科的一次见面，以及我弟弟看到的最后的顾圣婴。

傅家和顾家深交，傅雷还为顾圣婴介绍过钢琴老师，傅雷夫妇的死肯定给顾家三人的死做了榜样和暗示。

1967年1月31日，我的一个小朋友陆小燕因为追逐打闹，突然捂着腿高叫："痛煞了！"旁边的小朋友说她"装腔"，小燕的叫越来越厉害，送到愚园路749弄的原区职工医院（一度做过长宁区中心医院），才知道骨折了。打石膏、校正等事折腾到半夜，我弟弟和阿尼头（现定居纽约）两个十来岁的少年陪着。凌晨三点左右，救护车呼啸而来，抬下来三副担架，

愚园路1088弄103号，钢琴天才顾圣婴曾在此居住

幼年的顾圣婴与母亲秦慎仪、弟弟顾握奇

脏兮兮的帆布担架，就放在急诊室的地上，那时的中心医院急诊室就是老洋房的客厅，天冷了，放一个烧煤的铸铁炉子取暖，铁皮烟道在天花板下绕半圈。担架上两女一男，已经气息全无。阿尼头从小就练小提琴，因为老师是交响乐团的，所以知道音乐界的许多事情，阿尼头那年16岁，他认出了顾圣婴就睡在担架上。旁边的大人也在议论。片刻，医生写好死亡鉴定，三副担架就由护工推到太平间去了。这就是顾圣婴在公众面前的最后一次露面。三个人是妈妈秦慎仪、弟弟顾握奇和顾圣婴。我掂量过自己，我对顾圣婴的关注和现在粉丝对郎朗李云迪的关注没有本质的区别。

1989年暮秋，我见到顾高地，他已经八十一高龄。他活下来，是因为他因潘汉年案服刑二十年，因前难躲过后难。孤老头子已经没有亲人。和我一起去见老人的是同事王美女（现定居巴黎），我们是通过一个叫蔡蓉曾的女子，找到顾高地的。愚园路的房子早就变成七十二家房客，顾高地落实政策后，被聘为市政府参事，虽是闲职，他有这个资格。他年轻时是19路军蔡廷锴的参谋，一度蒋介石也器重他，他与潘汉年等过从甚密。顾高地移居在离愚园路不远的兴国路41弄2号303室，与兴国宾馆相对。这是在老洋房之间的空地上建的工房式多层，与兴国路的风格有点不合。

推门进入的时候，我就闻到一股强烈的猫尿味，我怕美女同事做出掩鼻状，刺激老人家，还好，什么事都没有发生。屋子里养了一群猫，顾高地手里还抱着一个。他好高的个子，很瘦，属于小头一类，灰色中式棉袄，更显老人皮肤苍白。顾高地目光柔和，话语清晰，带无锡口音的上海话。事先和美女同事商量好不讲任何痛苦的话题，我们权当陪老人说说话。那天阳光很好，客厅的水泥地上白白的耀眼，房子等于没有装修，但很整洁。一架旧钢琴，老人说是女儿用过的，还有一些旧琴谱，也是归还来的九牛一毛，连同顾圣婴的几张照片，放在玻璃柜子里。最有价值的是一具石膏手模，裂了，是肖邦临死时翻制下来的，波兰政府拷贝，奖励给顾圣婴的。我们谈下来，知道老人在政府里领一份薪水，看病都没有问题，那位蔡蓉曾女士是热心人，无偿帮助老人，关心饮食起居。老人的愿望是在此设置顾圣婴纪念室，保存圣婴所遗全部文物。我想，这里实在是太简陋了一点，顾圣婴留下的东西也非常有限。我们陪老人坐了许久，临走他送我们顾圣婴的盒带一套，两盒，收录女儿演奏的肖邦、李斯特作品若干。走出顾老住地，美女问我："数过他家里几只猫了吗？"我说没注意。美女瞪大眼睛说："三只！"我顿时大骇。

1990 年 10 月，我收到讣告，顾高地去世，原因是肺癌。

我弟弟回忆 1967 年 2 月 1 日凌晨所见，还说起，那个男的抬进来的时候，右手不合常理地前伸，很触目。天很冷，没多久，人就呈僵硬状态，那年，顾圣婴 29 岁。

1990 年，一个非常偶然的机会，我见到了俄罗斯老太太克拉夫琴科，她是顾圣婴、刘诗昆的老师，50 年代，两个学生就住在老太太的家里，学琴练琴。我到汾阳路音乐学院的专

顾圣婴

家楼里找她，那时专家楼就是校园北面的一栋旧洋房，穿过自行车棚，在一片缺少打理的植物后面，找到入口。中苏专家恢复往来，学院将这位与中国钢琴教育关系密切的老太太请来。她和画报上典型的俄罗斯老太太没有区别，矮，微胖，满头银发，大花围巾披肩，和蔼可亲，谈话很愉快，她喜欢中国学琴的小孩子，专程来辅导。最后，说到顾圣婴，老太太落眼泪，进而哭得十分伤心，她拿出一本相册，很多顾圣婴和她在一起的照片，有些在钢琴旁，有些在花园里，还有在演出场合，有不少和刘诗昆一起的三人照。顾圣婴的死讯，她是在"文革"结束，中苏重修旧好后才知道的，她说她失去了女儿。她难以想象轻盈瘦弱的顾圣婴年纪轻轻的走掉了。

# 七

没有一条公交线路像44路与江苏路联系得如此紧密，从头到尾贯穿整条江苏路，从长宁路数过来，停靠中一邨、愚园路、延安西路，最早在华山路丁字路口还设有一个站，后取消。老式的车型，慢悠悠的车速，大间距的车次，与相对宁静的江苏路契合。曹家渡终点站就在卖鸡鸭血汤的店铺旁边。

金宇澄在《繁花》中有描写："曹家渡车水马龙，拥挤热闹，对面饮食店，通宵卖生煎，鸡鸭血汤，灯光耀眼，终点站电铃响，一部44路出站。"

终点站一个木屋，不到十平方，还隔开一个小间放木头马桶，供司机卖票员方便，以防万一，一个老太婆每天来倒马桶。鸡鸭血汤，五香粉味道，生煎馒头，葱油味道一阵阵飘过来。

公交公司的路线都有绰号，上海诗人王小龙上班，乘坐去汶水路的46路被称为强盗路线，去上钢一厂的51路被称为强盗路线之二，途经十六铺码头和北火车站的65路被称为小偷路线，淮海路上的26路被称为小姐路线，东安新村到九江路的49路和新华路到外滩的48路被称为干部路线。

96路擦过江苏路一小段，后来的01路、62路对江苏路而言只是轻薄一吻。44路在困难时期，车顶上方也背过煤气包，黑乎乎一个硕大的洋泡泡，替代紧张的汽油供应。疯狂年代，44路一部分车子连同司机卖票员一起抽调北京，拉全国各地赴京的百万红卫兵。44路沿线工厂，如5703厂、缝纫机厂等抽出大卡车协助44路，装上雨棚，配卖票员，高峰时段运行。乘客在车尾爬上爬下，当然有简易的踏步。类似的情景，年轻人不知道，仿佛天方夜谭。我也曾经凭一枚校徽，免费搭乘44路。

非常偶然，我在曹家渡的小木屋里当过44路的调度员，司机卖票员给我留下客气谦逊的印象，不像有的路线，偶然去一次，不听你的调度，给你个下马威。有一次，曹家渡长宁路口缸瓦店前一根电缆从天而降，马路上冒火星，劈劈啪啪响，狭窄的长宁路一下子全部堵塞，如果我坐在小木屋不动，没有人会敲我饭碗，但是，龙华过来的44路，必然全部堵在长宁路上，全线崩瘫。我唯一的办法，赶快用刘翔的速度狂奔，到江苏路口丁字路口，关照所有到此的44路原地调头，保证线路畅通。

至今，我还记得司机卖票员的绰号：八灯机、咸猪头、鸡巴、才结、发条……也有非常诗意的名称，如一个和蔼的卖票阿姨叫夏香荷。八灯机演座山雕不需要化装，戴一副美式黑眼镜，人极友善，喜欢香烟屁股接香烟，笃紧了继续抽。为了增加收入，经常休息日加班。肺癌临死之前，托付几个司机兄弟，关照一下自己未成年的孩子。44路卖票员中，瘦小的老头外号才结，居然一口流利的法语，他讲，以前法国洋行老板，放他早点下班，是为了和白俄女秘书搞事情，"法国人吃伊勿消"。

44 路卖票员中，最可惜的是发条，一个 70 届，皮肤黑黑的曹家渡女孩，刚刚入行的时候，乘客发现新来的大眼睛卖票员，一点没有新手怯生的样子。入行日久，发条越来越喜欢拌嘴，还有点可爱。很多年以后，发条休息日，同事请求代班，发条的脾气有求必应，就是那天，车子还没有出场，发条站在车后，司机倒车，没留意，把发条活活挤压死了。发条大名叫徐红英，江苏路是她最亲近的马路。

记忆中 90 年代之前的江苏路图像，经常会在我的脑子里和今天的江苏路重叠，好像根据时代的发展，江苏路理应成为今天的样子。但是，又觉得缺少了什么，一下子又说不清楚，是人文风貌，还是它原来慢悠悠的静谧。90 年代江苏路计划拓宽的时候，埋管工程先行，道路剖开，到处是深坑，泥土堆到沿街的墙壁上，一人高的水泥预制排水管，接成长龙。江五小学和市三女中的学生，无处插足，高一脚低一脚，泥泞的土堆上踩出细细的鞋印，只能踏在前面的鞋印上行走，仿佛翻山越岭。一不小心就有踩入泥水的可能。

30 年前，从上海的地图看，江苏路拓宽也是必然，东西两端，所有南北向的道路都是断头路，无论镇宁路、乌鲁木齐路、定西路，还是凯旋路。到了中山西路，总算是南北贯通。

江苏路北段，成片的花园洋房拆掉。诸安浜附近的街面房子拆得一干二净。江苏路南段的一批旧平房，拆掉也无甚可惜，可惜的是像北段 200 弄朝阳坊，整个弄堂夷为平地。拆掉的花园洋房不在少数，480 弄月邨沿街的洋房劈去一半。江苏路从原来的 12.4 米宽，一下变成 32 米，来回六车道。从此，江苏路对步行者变得不那么友善了。

# 八

月邨是江苏路上唯一的西班牙风格花园洋房群落，漂亮的坡屋顶加烟囱，已经够炫的，还在建筑的左右两侧镶嵌六角形暖房阳台，整个造型婀娜玲珑，变化多端。查遍手头资料，只是知道始建于 1921 年。至于开发商是谁，设计师又是谁，暂时不得而知。总建筑面积共 11880 平方米，因江苏路拓宽和电讯公司大楼工程，拆掉了一部分，现剩 4320 平方米。住户抱怨电讯公司大楼争夺空间，影响了他们采光。现在月邨是上海市第四批优秀历史建筑。

70 年代，这里曾经是长宁公安分局江苏路派出所所在地，"上海民兵"也在此设点，所谓上海民兵就是附近各个工厂企业抽调的外借人员，有点像今天的辅警。我的表哥从 285 弄出来，扛着我送给他的单筒洗衣机，被上海民兵盯上了，怀疑是盗窃，扭送至月邨，表哥对这种无理由的拘押不服，过程和结果不难想象，你口气大，我也大，你跋扈，我嚣张，啥人怕啥人，80 年代的旧事，所有的人都比较自以为是。

月邨的住户有非常出色的律师、报人，在中国的国际诉讼史和报业史上都留下深刻的足迹。而月邨比较引人瞩目的是

"美丽牌香烟模特之死"，也引申出王安忆的代表作《长恨歌》，当事人蒋梅英改名王琦瑶，演绎了民国时期一个美丽女子的多梦青春，起起落落。只是因为风韵犹存，晚年被一个年轻民警掐死，蒋梅英的遭遇成为一个时代的缩影。

蒋梅英的故事算不上香艳，因为民警作案，加上美丽牌这个上海人都知道的老牌香烟，一时轰动。蒋梅英到底是不是美丽牌香烟的模特？

现在网上关于美丽牌的描述，大多牵强附会。美丽牌是上海华成烟草公司的品牌，另一品牌为金鼠牌。老板陈楚湘，住愚园路涌泉坊，至今老洋房还在。他手下包烟女工，最多时有三千多人。我的小说《上海百乐之门》女主陈阿香，即华成烟厂包烟女工。

陈楚湘是有广告意识的，对于美丽牌，一开始，请人拟了一句"斯娄根（Slogan）"："有美皆备，无丽不臻。"电车上字眼醒目，文字漂亮，对仗工整，但过于老成，有酸腐气。遂另辟蹊径，既然声称美丽，何不让美女代言。陈楚湘从他人推荐的美女照片中，一眼看中当红京剧演员吕美玉，此女凤眼细眉，皓齿红唇，聚东方之美，当即拍板，请上海滩月份牌画家谢之光，根据吕的照片描摹，印上了香烟壳子。为此吕还和香烟厂打官司，赢了，头像照用，支付肖像使用费，每箱香烟抽取大洋五角——美丽牌香烟在1926年、1927年、1928年间的销售量，分别为3258箱、14621箱、22744箱，仅这三年，吕美玉获得的肖像使用费，就高达两万多大洋，赚了一大票。美丽牌还用了不少时尚美女做代言，包括越剧女小生徐玉兰等，用于报纸广告。

蒋梅英是否做烟标模特，香烟厂经手的人已经作古，至今没有定论。美丽牌的名气太大，连延安的大领导收到朋友从上海带来的香烟，用湘潭口气夸赞：此烟甚好！

蒋梅英的真实身份，并非"蓬门未识绮罗香"的贫女。她毕业于圣玛利亚女中，与张爱玲是校友。父亲蒋柯亭，曾获圣路易斯安那大学理学硕士学位，后为振泰纱厂厂长。1932年9月25日，蒋梅英与商人周雨青之子周君武完婚。周君武执业上海通商银行，家道颇殷。婚礼在工部局万国商团演武厅举行，即现在的江西路福州路老市府。蒋梅英偶尔做京剧票友，1937年4月2日晚，上海中国妇女会假座百乐门舞厅举办周年慈善舞会，蒋梅英出现在《御园赏月》中，客串嫔妃。

上海公安系统李动先生，在涉及蒋梅英的文章里写道："坊间还传说，蒋梅英是戴笠的情妇，但蒋梅英的档案里没有定论，只是从她的交代材料中，获悉蒋梅英丈夫的两个妹妹分别嫁给了民国财政次长和驻美国纽约领事，其家庭地位显赫。她是受宋子文的委托，在霞飞路舞厅接待美国客人时，与戴笠跳舞相识。戴笠曾约她外出活动，她都带上自己丈夫周先生前往，并向戴笠提出丈夫暂时没有工作。戴笠爽快地给南京中央银行行长写推荐信，介绍其丈夫到南京银行谋差。戴笠趁其丈夫去南京谋差之际，去过蒋梅英的家，她吓得赶紧让保姆去叫

江苏路 480 弄月邨，当年蒋梅英居住的 80 号已经不存

当年美丽牌香烟广告

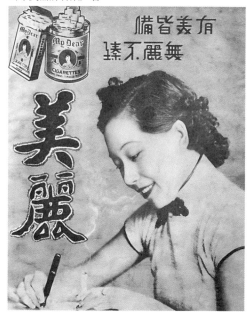

住在隔壁洋房的公公前来接待。在戴笠的追悼会上，蒋梅英送过一个花圈，仅此而已。"

蒋梅英自从嫁给了周君武，偃旗息鼓，相夫教子，隐姓埋名。历经多次荡涤，世风大变，蒋梅英也渐渐脱离人们的视线。1971年，周君武因病去世。那年的蒋梅英58岁。可是岁月并没有让她的容貌随时间迅速衰老。"这个女人嫩相咪"，是邻居们的口头禅。

月邨的邻居们说，丈夫死后，儿子女儿去了外地，蒋梅英单身一个人，她用度节俭，屋内布置简朴，橱床桌椅，并不奢华，唯一比较拿得出手的梳妆台，风格简约，细看白漆硬木，精细做旧的摩擦痕，透出老上海隐隐约约的高雅与富足。另有一架17英寸彩色电视，80年代的17英寸彩电，应该算很有家底的。蒋梅英喜欢看越剧、舞蹈，扮相俊美的女小生特别喜欢。蒋梅英不露富，吃的也简单，早餐大饼豆浆，很少有做东宴请。蒋梅英喜欢记账，支出明细一笔不缺。谁借了她一勺油、几分钱历历在目。对邻居，蒋梅英有一种恭敬不敏的距离感，不主动热络，也不得罪人，在整个月邨三百多居民中非常低调。私下里蒋梅英喜欢去舞厅跳舞，到了老年兴趣不减，且自有一番上海女子的妩媚娇艳。传闻当年戴笠用私家车接她去舞厅，比较耸动，容易引起一般市民注目。

她的美貌带来了伤害。


江苏路派出所，原来在江苏路东侧的愚园路上，靠近909

弄黎照坊，经常会看见邻里吵架，小孩相打到派出所调解。拾垃圾的中年人，苦着脸长坐，申诉老婆的户口。后来派出所搬到江苏路480弄月邨，已经是70年代中期，位置在月邨入口左侧，一间花园洋房底层。

1974年8月，老警察孙发仪带新来的年轻警察周荣鹤，在辖区周围走走，介绍情况。月邨不大，22栋花园洋房，充其量不过一个足球场大小。蒋梅英刚好迎面走来，绿化树丛衬着她的弯曲有致的轮廓，老警察随口说了一句"这个人叫蒋梅英"。老警察没有看出，旁边的周荣鹤闪过一丝惊讶带一点点猥亵的眼神。这个从东海舰队退伍的26岁警察，后来在辖区内利用工作之便奸淫猥亵三名妇女，直至凶案败露才真相大白。周荣鹤对蒋梅英好奇，欲心大炽，急吼吼翻阅派出所里蒋梅英的档案。这里要加一笔，我姐姐为母亲办理户口业务，也是去江苏路派出所，无意中看见母亲的档案袋里写着："假装积极，和反革命家属打得火热。"所谓反革命家属，是文汇报编辑部女同事陈美龄，老公吃官司死在劳改农场，留下四个孩子。姐姐问我要申诉吧，我说这是光荣的记录，你管它。母亲九十多岁，离休老干部的遗孀，文汇报经常派人来嘘寒问暖，红包派派，何必在乎几行字。

周荣鹤看到蒋梅英旧上海领一时风骚的经历，更加欲火熏心，心里浮起一种说不清道不明的感觉。

终于有一天，周荣鹤一身警服，敲响了月邨80号蒋梅英的家门。蒋梅英打开家门，见是穿制服的民警，就请坐倒茶。

周荣鹤自我介绍一番后，就东问西问，什么"文革"中怎么扫地出门啊，钞票抄掉多少啊，房子什么时候归还啊。后来又问旧社会怎么当舞女啊，怎么认识戴笠啊。

几句问下来，蒋梅英心里有点数了，这种小跟班似的人物，说话腔调，怎么逃得过上海滩十大美女之一蒋梅英的眼睛。蒋梅英有一点说得明明白白，她说，我不是舞女，戴笠到上海来用汽车接我去跳舞的。周荣鹤又问，你还认识国民党里什么人？蒋梅英回答说，还认识宋子文，他是我妹妹的亲戚……周荣鹤就这么胡乱地搭讪，想朝蒋梅英隐私挖进去。眼看问不出新鲜东西，话题也就中断了。短暂冷场，周荣鹤立起来要离去，蒋梅英也站起来送客。这时，周荣鹤突然邪心萌动，我们可以看到他在原始交代中是这么说的："我当时见到她面孔很白，看上去像40多岁，我就动坏脑筋，突然双手抱牢伊，用嘴凑上去在她耳边讲，今天的事，你不可讲出去，意思是我今天抱牢你不可到外面讲，接着我就在她面孔上香了一个嘴。"

这是蒋梅英死后，周荣鹤的事后交代，至于那天，两人之间到底发生了什么，周荣鹤为何如此慌张，仅一个吻不能解释。

周荣鹤这样的人，是非常会乔装自己的。在江苏路派出所这一带，他的劣迹居然没有被发现，还步步升迁。从户籍警做到了治安警，又去做内勤，又做了一年的信访接待，后来升为江苏路派出所的副所长，1983年升为长宁公安分局的团委书记，是一个领导看中的培养对象。

蒋梅英没想到，民警周荣鹤会这样下作，她连忙左手挡开周荣鹤嘴巴，右手推开他的手臂，心里很气，身体往后退，不知说什么好。片刻，周荣鹤夺门而去。蒋梅英被周荣鹤这一番操作之后，越想越觉得这个姓周的太不是东西。儿子周德安从外地来沪探望母亲时，蒋梅英同儿子说起过这事。到了1978年，她觉得必须向周荣鹤所在组织反映，在此之前，她先向老民警孙发仪说起过周荣鹤对她的非礼。

1978年8月21日，她举笔向长宁公安分局写了一封检举信。长宁公安分局也收到这封来信，并记录在案，处理经过及意见一栏内写道："来信人蒋梅英，女，1913年生（66岁），浙江镇海人，据资料掌握，解放前与军统特务戴笠有过一段接触，其父亲为反革命分子。"信访接待与老民警孙发仪联系后，老民警的确听到过蒋梅英讲起周荣鹤作风不正之事。分局的来信处理人徐鹤亮当时表示，孙发仪已经对蒋梅英的反映作了一般接待和掌握，来信人要求保密，作为平时掌握，并不追究。我们认为不要再回复来信人了。日期是1978年10月9日。

蒋梅英的这封信，于是就落在人民来信的档案柜里，逐渐发黄褪色，并没有影响到周荣鹤的升迁。

"严打"开始以后，周荣鹤感觉自己的不法行为总会有疑点和漏洞，一旦穿帮，不要说影响仕途，极有可能入狱吃牢饭。一下子从分局团委书记的位置上跌下来，不是粉身碎骨也是遍体鳞伤。周荣鹤对风声自然是很敏感的，眼看社会上不法分子一个个被收拾，公安队伍里徇私枉法的人也遭到法办。他骑上自行车，在以前江苏路辖区里，分别找曾经被他奸淫猥亵过的三个女人谈话，先稳住对方，一通利害关系，堵住对方的嘴，让她们不敢声张。

剩下的只有月邨的蒋梅英了。

王安忆的《长恨歌》毕竟是虚构的小说，历史上，蒋梅英并没有做过美丽牌香烟广告，她在官僚阶层里，出过风头，也知道收敛。小说里的王琦瑶在 1949 年前的经历，发挥的空间比较大，1949 年以后的王琦瑶，特别是死于某个警察之手的情节，是有真实依据的。

1983 年 10 月 21 日晚上，电视里江浙沪越剧大奖赛，蒋梅英坐沙发上，一边结绒线，一面看电视，尹派小生的唱腔是她的最爱。秋意渐浓，蒋梅英拆了旧绒线衫，准备翻花样，几次针数没有算好，拆了再重起。怪了，蒋梅英几次起针，总是算错。彩色电视的帧幅也是不稳，跳啊跳的，起身调整 V 形天线，画面稳定了，只听到有人敲门。

周荣鹤骑自行车进月邨的时候，看了一下手表，8 点 50分。在他的计划中，不早不晚，选择在一般人晚饭结束睡觉之前上门，比较安全。周荣鹤还将制服上的领章取下，穿过绿化带，敲响了 80 号的门。蒋梅英放下手里的绒线，开门，一看是周荣鹤，禁不住一愣。周荣鹤面色尴尬，走了进来。隔壁邻居已经掩门休息了，悄无一人，蒋梅英警觉起来，这种时候，除非要紧事情，串门是怪异举动，加上曾经写过眼前这个人的揭发信，蒋梅英心揪紧了，有点不知所措，问道："你来做什么？"周荣鹤连忙答话："我是来向你道歉的，也有件事想同你商量。"

转眼九年过去，那"一抱一吻"的事情在蒋梅英的记忆中，几乎烟消云散。这些年太太平平过日子，跟年轻人学习新派迪斯科，同时又可以锻炼身体，蒋梅英没什么牵挂。如果周荣鹤今天晚上不来，她也许已经将这事彻底淡忘了，毕竟不是什么大不了的事情。如果我们对"做贼心虚"四个字，仅仅是一种字面上的理解，在周荣鹤身上，"做贼心虚"已经放大到无以复加的程度，甚至心虚到影响智商，影响正常的大脑思维。只渴望满足短期欲望的人，缺的就是这一块。周荣鹤最担心蒋梅英这个领过世面不卑不倨的女人，万一在她嘴里露出一点点，原来的坦途就会出现没顶的黑暗。正是在"做贼心虚"四字的驱使下，他决定非得把蒋梅英的嘴堵住不可。当然，他万万没有想到，会将这张嘴堵到呼吸全无，更没有想到要结束她的生命。

周荣鹤坐下说："蒋梅英，我以前侮辱过你，对你不尊重，请你原谅，今天来跟你打个招呼，你不要检举揭发，总归是我错了。"蒋梅英见他来翻老账，不耐烦了，说："算了，算了，事情过去了，还有啥要讲的。"蒋梅英这才明白是怎么回事，问："还有什么事情吗？"周荣鹤见蒋梅英要他离开，又没有得到明确答复，心里不踏实。"讲完了吧?"蒋梅英嗓音一高，老房子隔音不好。周荣鹤心慌了，连连说道："你轻点，你轻点。"这时，只听得隔壁邻居开门的声音。周荣鹤越加紧张，说："轻点，要被人家听到。"蒋梅英已经从不耐烦到厌恶，眼下的这个人好像脑子出了问题，她的嗓门更大了："有啥讲头，没啥好讲了。听到有啥关系?"刚开始蒋梅英还强耐着性子，到这时候，蒋梅英火气上来了，站起来，发怒道："那么，你今天上门什么意思，到底是赔礼道歉，还是要来弄我?"周荣鹤一面说："不是来弄你，也不敢弄你。"一面也站起来。蒋梅英见周荣鹤立起来，不由一阵紧张。这时，周荣鹤把蒋梅英按倒在椅子上，说："你不要响，响出来要出事体的，我要倒霉的。"蒋梅英被周荣鹤这么一按，火气顿生，刚要开口说什么，却被周荣鹤一只手捂住了嘴，另一只手挟住她的脖子。蒋梅英一番挣扎，越挣扎，周荣鹤的双手捂得越紧，卡得越牢，还用双腿夹蒋梅英的脚，生怕她蹬地板，惊动楼下邻居。渐渐地，蒋梅英不动了。

周荣鹤松开手，发现捂嘴巴的那只手上有血迹。再一看，蒋梅英鼻孔里出血，人一动不动，像昏迷过去。周荣鹤把蒋梅英抱到床上，赶紧掏出手帕，擦掉她鼻子上的血。这时周荣鹤发现蒋梅英没气了，一阵紧张。他的交代说："我将棉被翻开，将她人睡好后再盖好，她人动也不动，我想出大事了，是人命关天的事。事情出了，我又没把握，再看看她不动又不响，我想喊人又不好喊，一喊要出大事件，就这样闷着，干脆将她盖

165

好。"最后，周荣鹤生怕蒋梅英没死透，干脆一不做二不休，再用手捂住她的鼻子，直到蒋梅英真正不动为止。

周荣鹤将蒋梅英杀死，惊恐万状，他将亮着的灯全部关灭，随后将所有门窗关闭，轻手轻脚地溜出门外，骑上自行车回到家里，双脚发软，一夜未眠……旧上海十大美女之一的蒋梅英就这么莫名其妙地命归西天，时年 71 岁。周荣鹤就这么不可思议地成了杀人凶手。谁会想到公安局的团委书记竟会杀死一老太。

警方联合组成专案组，侦破这起凶杀大案。500 个嫌疑人一个个排下来，一无所获。过了三周，蒋梅英的儿子周德安从杭州来沪，专案组向他询问，他马上想起母亲曾经说过，有个姓周的民警，侮辱过她。还说母亲曾写过一封检举信给长宁公安分局，具体时间说不清楚。另有邻居证实，蒋梅英在 1974 年确实向自己说起过，周荣鹤侮辱她。为了查实，专案组人员到长宁公安分局翻找信访档案资料，从 1974 年一路翻下去，终于找到蒋梅英来信的登记表和原信。至此，周荣鹤侮辱蒋梅英的事实查清。其实早在案件发生后的第三天，老民警孙发仪就向派出所领导报告过周荣鹤侮辱蒋梅英的事，并怀疑周是否会下毒手。

这个周荣鹤，最终于 1985 年 7 月被判处死刑，枪决。

# 九

写到月邨，以蒋梅英的往事做开头，是因为王安忆的《长恨歌》珠玉在前，绕开蒋梅英无论如何说不过去。其实，月邨值得记取的人物不少，原来住在84号的陈泓，生于1957年，卒于2022年，即是其中之一。

60年代中期，江苏路上经常可以看到一个翩翩少年，骑一辆锈迹斑斑的无挡女车，腋下夹一叠刚刚借来的钢琴谱，用一种无欲无求遗世独立的晃荡风格，在愚园路十字路口一晃而过。偶尔路口的流氓看不顺眼，拉住陈泓要打架，陈泓用木然的眼睛回报，也不解释。陈泓原来姓沈，特殊时期，父亲头上一顶反革命帽子，无奈父母离婚。随母亲陈孟娴姓。

陈泓外公陈承荫，是上海戏剧学校校长，又是知名律师。1939年上海戏剧学校招生，培养出京剧界赫赫有名的几十名"正字辈"演员，包括当年红透半边天的顾正秋、张正芳、张正娟、关正明，等等。样板戏中李玉和（钱浩梁，又称钱正伦）、小炉匠栾平（孙正阳）也是正字辈。

陈泓母亲陈孟娴，在上海广播合唱团担任钢琴伴奏，那年头，电台"革命歌曲大家唱"节目，一句句重复"就是好，就是好"，钢琴伴奏就是陈孟娴。她也知道，重复这样的干嚎毫无意义，不过就是上班领薪水。陈泓还在读中学，妹妹清清更小。即便如此，陈孟娴还是将月邨84号二楼房间布置得和大环境完全不同，老洋房壁炉架上有油画风景，半截纱窗，挡住对过人家的视线。养一只雪白羽毛粉红喙的芙蓉鸟。她曾经哈哈大笑说："对过老头子想跟我轧朋友，西装笔挺来寻我，我看老头子还没有上来，在楼下擤鼻涕，鼻涕拓了一尺长。"她岁数上去后，一头白发，更显得优雅。

我认识陈泓的时候，他已经开始在玩具九厂上班，玩具九厂在延安西路近番禺路。他的工作是烧厨房的大灶，五个灶口，不断添柴，类似一条小夹弄。大师傅煮饭炒菜，要求这个报到没多久的年轻人，把火烧得极旺，材料是木质玩具的边角料。陈泓躲进柴火堆，一条燃烧过的木棒，将肖邦、李斯特钢琴谱画在白墙上，配上唐诗，反正师傅也看不懂。下班，陈泓几乎所有时间都在练习钢琴，他把肖邦的《革命练习曲》弹上百遍，有时候，到我家来表演烧菜，腰里插两把工厂食堂的菜刀，他自称是《九三年》里"北海前线总指挥郭文"，把我称为"共和军政治委员西穆尔登"。

每周有两个晚上，陈泓给长宁区工人文化宫的舞蹈班弹钢琴，那里有很多漂亮女孩。陈泓被有关部门盯上是几年后的事情。

那时候的江苏路，外面乱哄哄，暗地里学习音乐的年轻人不在少数。如285弄34号刘多，毕业分配入东诸安浜上海探

月邨 84 号走出来的陈泓，一代音乐才子

伤机厂做钣金工挥榔头，业余练习小提琴，后被上海交响乐团直接录用。他的弟弟刘宜分配到星火农场烧窑挑砖坯，因为出色的琴艺，被南京军区前线歌舞团录用。237弄17号高醇华的堂妹高醇斌，分配在房管所做泥水匠，小推车里装满泥刀、泥桶、托灰板，一身泥灰的女孩，小提琴拉得漂亮，后来在加拿大的一个乐团拉小提琴。弟弟高醇和外号黑猪，也因为琴艺出色，被法国乐团看中。还有平时默默无闻的年轻人，例如黎照坊盛宗亮，临近毕业被青海省民族歌舞团招去，恢复高考被中央音乐学院和上海音乐学院作曲系同时录取，后到美国搞得惊天动地。江苏路285弄后弄堂韩小光，我认识的时候，他在公交公司当卖票员，谈及古典音乐，比较投机。到他的住所，房间除了床就是钢琴，没有任何地方插脚，他让我出一个图像，他即兴弹奏，我指向挂历上的风景，他来了一段，和声走向非常高级，后来韩小光被上海音乐学院作曲系录取。江苏路的音乐氛围，出不少职业音乐人，更不用说那些最后没有吃专业饭的一大批年轻人，包括良友别墅的赵姓骗子和285弄大牦牛，小提琴水平绝对可以的。

　　陈泓弹琴不是暗地里的，他有一种强烈的表现欲。戴袖箍的里弄大妈，听到外国音乐，神经立即抽紧，随时要告发，他根本不放在眼里。一天晚上，说要到有钢琴的人家一家家扫过去，从长宁到卢湾，敲门进去就弹，自说自话到极点，在武夷路范迁家里弹肖邦《波罗涅茨》令对方非常恼火。

　　有一年，我们相约去阿立的星火农场，同行的有画画的佩佩、可可两个女孩。记得画了田野、牛、老房子。陈泓在场部的旧钢琴上弹李斯特《钟》，那架钢琴积满灰尘，没有一个音是准的，好几个键抬不起来，陈泓照样弹得津津有味。去海滩的一段路，拖拉机陷在淤泥里，他写《拖拉机进行曲》，把五线谱画在小学黑板上。那天晚上吃完饭，闲坐瞎聊，陈泓突然大叫一声，冲出房门，我还以为出了什么大事，原来他听到隔壁电视里出现肖邦《幻想即兴曲》的开头，长度不到一分钟，是反腐话剧《霓虹灯下的哨兵》中，颓废表哥罗克文用钢琴抒发自己的不满。那个旋律在奉贤漆黑的夜空中轻微地一闪而过，是文化饥渴中，挤牙膏般一段小小的插入，仅作为一个灰色人物的包装，已经使大家震撼不已。

除了做伙夫和练习钢琴，陈泓开始学习英语，非常投入。他找了江五小学张月嫦老师辅导，张老师是一位独身的女士，为人温和善良，现在像她这样有民国风的老太太已经绝迹。60年代后期，课堂纪律废弛，老师根本无法正常上课，张老师教英语，学生除了大声说话拍桌子，还把 How do you do 读成"蟹洞大又大"，把 tomorrow 读成"脱帽卵"。张月嫦无法继续下去，她当着全班同学的面，眼泪流下来，说："我对不起毛主席。"最调皮捣蛋的同学都被她的真诚震慑住了。

陈泓仿佛有一种超前意识，他学习英语是主动的。对张月嫦也是一种安慰，她非常喜欢陈泓这种刻苦学习的男孩子。

我在前面说过，陈泓的射击水平远超一般人的，可能因为他有一个射击得过全国冠军的爸爸，他的爸爸后来与上海音乐学院中提琴教授沈西蒂结婚，陈泓的妹妹清清受沈西蒂教授的亲炙，成为杰出的中提琴手，在美国闯出一片天地。陈泓的母亲陈孟娴最喜欢开玩笑，她说："弄堂里碰着沈西蒂么，阿拉两个人亲热得赛过亲姐妹呀。"她还说："现在么，最讲家庭出身了，工人阶级的小囡，学啥钢琴啦。"

陈泓的气枪水平，给我们缺少油水的肚子以补充，一个晚上，手电筒加气枪，对藏在树丛里的麻雀一打一个准。他的菜谱是，几十只麻雀和大块的猪肉一起红烧，可以想象我们围坐一起大快朵颐的样子。

到了1977年，大学要招生了，陈泓也开始忙起来。陈泓、阿立、可可都被上师大艺术系录取，陈泓是公认为不受常规制约的才子，他的英语好到免修。陈泓的才气与活泼不羁，又把上师大艺术系女孩子们搅得心旌摇荡。陈泓在玩录音棚方面开始崭露头角，应邀去广州，给太平洋影音公司费翔专辑做伴唱。

陈泓在上师大唯一吃到的苦头，是被某个喜欢的女孩子的家长严词拒绝，并且当面数落。

最为不可思议的是，即将毕业的陈泓被有关部门盯上了，原因无它，他经常去普通人应该回避的锦江饭店外国专家房间，一去就很长时间，而且，还叫了一帮人一起去，玩"四国大战"。当年空调是稀罕物，还可以洗澡。当有关部门要找陈泓谈谈的时候，陈泓亮出了身份，他要和这个房间常住客人——上海外语学院的外教，来自希腊萨洛尼卡的索菲娅小姐结婚了，而索菲娅的爸爸是欧洲敏感部门的专家。

在未认识索菲娅小姐之前，有一段时间，陈泓醉心跳舞，三步四步风行的时候，陈泓带女舞伴，一个个跳舞场子扫过去，公共舞厅尚未开放，都是私人跳舞派对，有时候一个晚上，串好几个场子，包括宝庆路徐元章的老洋房，上海滩一等私人派对。陈泓天生的韵律感，舞姿翩翩。舞伴小华身材妙曼，步态优雅，常常赢得喝彩。一天，带小华到我家，开了我的601电子管开盘磁带录音机，搬开红木八仙台，现场表演，颇为自得。

此后，陈泓对我也不太尊重了，称我为"大公爵"，实际是大公鸡，因为我公交公司早早班，需要每天早起。为此，我决定恶心他一回。遂撰文《陈泓传》，正巧此文成稿四十年，也算一个纪念。全文如下：

陈泓传

月邨陈泓者，字洪，悉宫商。幼累父狱，家贫而运蹇，无所用其巧。业庖，间引瑟自聊，遂桃运暗通，脂泽浮丽不绝，皆纳之。邻人谓："此祸水也！"泓叱之曰："阉论！"

值天子赦天下，翁归入仕，家道渐殷，矫，停妻蓄妾。泓疾之，不与等。负笈游于泮宫，中男女学子杂陈，泓每遇姝丽，必怜之，欢然乐受者，狎昵无所。

有小人窥其行，阴损之，谗进学监。监传泓于庭，呵曰："行淫，不自羞耶？"众愕。泓曰："嘻，师吾翁也。余诚不若彼也。"监曰："狂生，淫癖既深，无以药！"对曰："汝之不淫，何以至学监焉？"众匿笑。监大窘，积懑。

一夕，比邻黄某大婚，设筵招宾，邑人俱至。少顷，堂外笑语稍近，泓挽一洋女入。侧睨，美艳逾人。泓呼："埋歪夫。"邑人失声而言："竖子！诳洋女，不伦，大限即至矣。"泓笑而不答，摆其臀，作舞科。黄曰："抑其欲，非此女莫属。"泓曰："汝辈蔽之甚。抑欲者，岂一女止。"洋女不解其言，颜不改。邑人哗然。至此，泓名大噪。

不日，学监泄其忿而告官，率捕快拿之。入室，环顾四壁，泓已杳，女亦不复见。窃计亡走洋矣。惟留磁声于沪上，皆泓之作。一曰《月河》，二曰《骇匹牛耶》，三曰《哀请得故斯》。细辨之，泓音一定，群声繁起，烈足开胸，柔以荡魄。邑人谓其绝。

华山佳人侍砚　石头居士记之

1983 年 9 月


我第一次见到索菲娅，在江苏路月邨 84 号，80 年代初，月邨房子也经不起年久失修，墙皮脱落，楼梯踏步支离破碎，木板和结构完全脱离，登楼仿佛走"勇敢者的道路"，是否引起索菲娅的惊讶，让爱情望而却步，幸好没有。索菲娅典型欧洲女孩，金黄的头发，五官精致，陈泓还是大大咧咧，在索菲娅面前，有其他女孩子打电话来，陈泓让我们帮忙圆场，没办法，陈泓的吸引力实在太大。不久，陈泓和索菲娅结婚，婚礼在锦江饭店举行，参加婚礼的大多是亲朋好友，没有什么大人物，只是来了一个市里统战部的干部，婚礼后由统战部安排，两个人在锦江宾馆住了几天。

陈泓和索菲娅离开上海以后，陈泓寄来一张他在希腊萨洛尼卡海边的照片，海面灿烂到炫目，陈泓变成了一个黑影，两脚叉开，海风吹动一头乱发。

从此，喧嚣的小圈子寂寞很多。月邨的情况也变得复杂，许多老住户搬走了，新进来的，就没有那么讲规矩了，装不锈钢防盗窗，把水斗接出来，西班牙风格算什么东西，空间都不够，还讲什么风格，这就是江苏路一带老洋房的真实处境。

陈泓到了希腊，师从著名钢琴家尼古拉斯·阿斯特罗尼迪斯（Nicolas Astronidis），1983 年在希腊 Makedonicon 音乐学院任教。

希腊的地盘太小了，陈泓的目标是当代音乐创作最活跃的美国。1985 年陈泓获奖学金，毫不犹豫离开希腊，去美国查普曼大学（Chapman University），师从作曲家威廉·卡夫特（William Kraft）。后又前往芝加哥罗斯福大学（Roosevelt University）读硕士。

1988 年，陈泓师从唐·马龙（Don Malone）学习电脑音乐作曲和制作，并开始从事作曲和音乐制作的生涯。1991 年他为《科利奥兰纳斯》（Coriolanus）创作的舞台剧音乐获得芝加哥 Jeff Award 的最佳奖。1991—1994 年间，陈泓参与了《奥赛罗》《哈姆雷特》等十多部舞台剧的音乐作曲和制作。他和索菲娅的婚姻也走到尽头。

1995 年是陈泓的高光时刻，在美国国家艺术基金会和美国歌剧基金会的赞助下，明尼苏达歌剧院上演了他的原创音乐剧《小白菜变奏曲》(*Bokchoy Variations*)，该作品作为 1995 年美国四大原创音乐剧之一被收入美国林肯文物资料库。1995 年，陈泓入选美国作曲家协会 ASCAP 的音乐剧创作组，在著名的百老汇音乐剧大师斯蒂芬·桑德海姆（Stephan Sondheim）的亲自指导下学习音乐剧创作和编导。

在芝加哥住了 11 年之后，1997 年陈泓来到洛杉矶，在好莱坞建立了音乐工作室，参与美国电视剧和电影的作曲。他曾为电视连续剧《十字军》作曲，1999 年担任了华纳公司的电影《招兵买马》(*A Call to Arms*) 的作曲和制作。江苏路老宅里出来，在官方音乐圈默默无闻的陈泓，成为好莱坞电影音乐界一员。

陈泓原创《小白菜变奏曲》，Bokchoy 一词是广东话白菜的音译，在英语世界成为一个专门的名词。故事讲四个上海青年去美国寻梦，结果梦碎的遭遇。画家在街头替游客画肖像，被人刺死（真实的故事来自中国画家林林的遭遇）。开餐馆的老板，与太太婚姻破裂。做非法移民的蛇头，被警方盯住，惶惶不可终日。奋斗的钢琴家一无所获，剧终时，回到自己的斗室中，在幽灵的伴随中，完成他的创作。

音乐剧的创作，考验艺术家的底气，作曲、配器、声乐部分都要搞定。陈泓的音乐主题，来自北方民歌《小白菜》，一步步下行的旋律优美感伤。乐队配置，糅合了古典和爵士。

陈泓是 2022 年冬天，从上海去深圳讲课，在酒店突发心脏病离世的。

我作挽联：

天妒英才　丝竹裂　乐坛痛失真游子

地承终曲　弦歌绝　世间断无老少年

# 十

江苏路音乐人繁茂，究竟是什么原因。如果从傅聪数过来，大师级人物如钢琴家顾圣婴、指挥家黄贻钧等，都出现在江苏路愚园路交叉的这个点上，相对安稳的环境，并非捉襟见肘的生活，高尚的品位，足够的艺术氛围，把艺术践行看成人生的重要部分，如此风气，才会云集这些灿若星辰的人物。

有一张照片，拍摄地点上海市少年宫，时间 60 年代初期，拍摄者是新华社的一位摄影记者。三位少年都住在江苏路，从衣着看，他们的生活不至于窘迫，红领巾系在脖子上。弹钢琴的是住在江苏路 480 弄月邨的杨重文，拉小提琴的是一对孪生兄弟，住在 285 弄的刘多和刘宜。据刘家母亲回忆，两个孩子出生，想不出什么名字，于是根据上海话的发音，以阿大阿尼取名。

三个少年在一个接待外宾的场合，表演什么曲子，已经想不起来了。60 年代初期的少年宫，是一个对外遮蔽困苦展示光鲜一面的重要场合。来自江苏路十岁出头的三个少年，只是缘于音乐，他们没有其他的杂念，因为有音乐而心情愉快。

刘多和刘宜是我的隔壁邻居，285 弄之中，有三栋洋房格局一模一样，以花园为相互的间隔，刘家和我家的格局没有丝毫不同，有外来者甚至会找错。

刘多刘宜的父亲是中国彩色照片后期制作的权威，在摄影界享有非常高的声誉。母亲张苹君是一位教师，出生于苏州东山，父亲是教堂的祭司，张苹君从小在唱诗班里唱歌，家庭的宗教气氛甚浓。苏州的学校毕业以后，她尝试来上海应聘教职，面试她的人，正是中西女中（市三女中）校长薛正，薛正一眼就喜欢上了这个姑娘，此后张苹君成为中西女中小学部的音乐老师，一直做到退休。50年代初，她生完双胞胎孩子，以为就此回归家庭，正是薛正告诉她，继续来上课呀。这个小学就是后来大名鼎鼎的江苏路第五小学，现在的家长挤破头要让孩子进入的名校。现在想想，正是因为有薛正、张苹君这样的老师，加上江苏路沿线住家的素质，才成全了江五小学的名声，而不是其他。

张苹君邻居都称她张老师，她对别人的体恤，让人不知不觉，她也从来不会标榜什么。1967年，江五小学停课，成为所谓"接待站"，住满了各地因为动乱到上海来避难的人。张老师让她的双胞胎儿子，带了理发工具，一次次去给投宿者理发。没有人号召，也没有人知道。

两个孩子也因为母亲的影响，自控能力超强。他们和陈泓完全相反，陈泓把古典音乐和《国际歌》混在一起，弹得震天价响，唯恐天下人不知道。刘多和刘宜的小提琴练习，几乎是在旁人完全不知道的情况下进行。他们做很重的金属夹子，配

60 年代上海市少年宫接待外宾的演出，三个少年都是来自江苏路。钢琴手杨重文来自 480 弄月邨，小提琴手刘多刘宜来自 285 弄

中国彩色照片冲印权威刘锡祺和太太以及儿子刘多刘宜，当时刘宜被南京军区前线歌舞团录取

上螺丝和螺母，夹住支撑琴弦的琴桥，让小提琴几乎发不出声音，免得戴袖章的人找上门来。就这样每天近十个小时，把《霍曼》《马扎斯》《克莱采尔》的练习曲一本本拉过来，还去借"样板团"的小提琴谱，那时候没有复印机，我也帮忙抄谱。

1968年，刘多刘宜面临毕业分配，两个18岁的年轻人，只能一个留沪，弟弟去郊区农场，刘多在市区做工。在铁屑飞扬的车间里劳作，擤出来的鼻涕是棕色的，刘多不断地挥动榔头，手指会变粗，僵硬，但是只要有空，练琴不会放弃。刘宜把小提琴带到星火农场。知青们都知道，荒地上一个大烟囱，就是农场的窑厂，原料就是泥巴。烧砖出窑，窑炉里温度超过60摄氏度，刘宜还是要钻进去，挑出成型的砖块，上百斤分量压上肩头，和小提琴完全是两回事。谁也不知道未来会有什么样的结果。

1970年，南京军区前线歌舞团来沪招人，一番考核，老资格的乐团领队陈家和，发现了刘宜的小提琴演奏水平，大呼难得，毫不犹豫让他入伍，刘宜不负所望，立即成为乐队的业务尖子。

很多年以后，刘宜说起在"前线"的经历，长期的排练和演出，上级肯定他的业务能力，要他留下来做职业军人，突然又告诉他，调查结果，刘宜有海外关系。刘宜由此退伍，进入上海歌舞团。所谓的海外关系，是一个在美国非常有名的口琴大师黄青白，发明十二音口琴，第一个与大乐队合作口琴协奏曲的上海老法师。刘宜说，我从来没有见过这个人。这里说明一下，黄青白生于 1925 年，毕业于上海圣约翰大学工程专业，之后在上海音乐学院获得小提琴学位。1950 年赴美。1979 年以后，黄青白多次返国，与中央乐团、上海交响乐团合作，并推广半音口琴。2014 年离世。

后来，刘宜获得位于美国缅因州的音乐学院录取通知，赴美，最终定居纽约。

70 年代初期，上海交响乐团演奏员青黄不接，经市里决定，特批向社会招人，由小提琴权威组成评委，包括乐队老一代首席柳和埙。经过层层筛选，不断淘汰，录取两个年轻人，一个是钣金工刘多，另外一个是住在常德公寓的孙恪骏（当年分配在市郊农场），立即正式担任乐团小提琴手。刘多以自己琴艺立足，直至退休。

三人照片上的少年钢琴手杨重文，弹一手出色的爵士钢琴，与刘多刘宜同校同届，都是延安中学 66 届初中毕业生，毕业分配至"一纺机"，后来赴香港做贸易。陈泓和杨重文是隔壁邻居，一个住月邨 84 号，一个住 86 号，陈泓开口叫"重文哥哥"。蒋梅英住 80 号。


把历史上的江苏路愚园路口，说成音乐的重镇，太过夸张。说成音乐的培养皿似乎合适，把一个不起眼的小东西放在合适的温度下，就顺势萌发。现在，不知道这个培养皿还能不能起作用。还有没有年轻人在夜深人静的时候，为自己的理想，苦练琴艺。

# 十一

上海的弄堂，以路为名的不在少数。例如霞飞路的霞飞坊（淮海坊），辣斐德路的辣斐坊（复兴坊），亚尔培路的亚尔培公寓（陕南邨），爱文义路爱文坊、爱文公寓（北京西路 1312 弄和 1381 号），麦琪路的麦琪公寓（复兴西路 24 号）。

江苏路原称忆定盘路，响当当的西区马路，自然就有开发商攀附，将建造的弄堂定名忆定邨。时至今日，忆定邨大名依旧，没有随路名改称江苏邨。忆定邨按照市政排号属江苏路 495 弄，1934 年由中央银行购地建造，联排式花园住宅，干净利落的外表，平整，简洁，仅在楼层腰线上做一些方格点缀，立面宽阔，开窗面更是舒展。1949 年以前，在此居住的多为洋行白领、知识分子或大隐于市的前朝官僚。忆定邨 17 号，曾经有住户，大名田福进，曾经是原国民政府财政部货币发行局副局长、中央银行副总裁。金圆券上印有其签字，有多少张纸币，就有多少签名。

半个多世纪过去，陆陆续续有人家搬进搬出，人口负载越来越重，小辈渐渐长大，空间越发局促，一进弄堂，右侧一排汽车间，也挤满了居民，还不断将水斗晾衣架朝外扩张，甚至加盖二层，借给无证小饭店经营，曾经油烟弥漫，居民怨气冲天，后多次投诉，略有改观。

上海市原副市长倪天增的老师、老一辈建筑师汪定曾先生，也是本弄居民。1991年，江苏路拓宽，忆定邨有一部分建筑在规划红线内。汪定曾提了意见后，江苏路在此稍向西偏移，完全保留了忆定邨建筑，无奈，对面月邨沿街的西班牙风格洋房劈成两半。月邨建于1921年，忆定邨建于1934年。

汪定曾老先生早年是美国伊利诺伊大学建筑系硕士，1949年后担任上海市建筑和规划方面的重要职务，在建筑界一言九鼎。

江苏路一过忆定邨和月邨，仿佛一鼓作气的架势一下子衰败下来，看不出有什么建筑值得描绘一番。只是，在《外滩以西》作者张军给我的40年代《上海百业图录》上标注，"忆定邨南侧，距离不到一百公尺方位上，有过一个同乐剧场，地址为如今江苏路547号"，令人十分好奇。后来据资料介绍，此处前身为同乐茶园，创建于1926年，1943年更名为同乐圣记剧场。上海有两家同乐剧场，一家在顺昌路（菜市路），专门演越剧，尹桂芳、竺水招、施银花等越剧名家曾悉数亮相，轰动一时，市民称其南同乐。江苏路的同乐，称为西同乐。44路公交车老卖票告诉我，日本人来的时候，这个地方演《盘丝洞》，唐僧出来，女妖精就一个个裸露上身跳舞，我以为是胡说八道。后来查阅长宁区志，第981页，上有记录："当年，西同乐演出马特乐舞（裸体舞）。"看来老卖票此言不虚，也许

江苏路 495 弄忆定邨

忆定邨尽管有不少搭建，还是能够看出
Art Deco 风格

忆定邨 17 号是民国财政部官员田福进旧居

当年他就是熟悉市面的看客。1946年后，西同乐改演越剧或沪剧。1949年后，剧场公私合营，后因设备简陋，客容量小，1959年8月撤销。

再往南走50步，在车来人往的江苏路，在毗邻的563弄口，我突然想到一个人，一个沪港两地公认的文学家。

王家卫的电视剧《繁花》无需赘言，浓重的老上海情结，如果要深究王家卫的电影，例如《花样年华》《2046》，他的老上海情结更加浓烈，他的电影的文学底色，都来自这个人，他叫刘以鬯，有一个生僻字鬯（chàng），每每使我不敢贸然句读。在《花样年华》片尾，字幕升起来的时候，大导演用文字的形式感谢了这位给自己带来无数灵感的文学家。刘以鬯在香港创作的小说，不但提供了王家卫《花样年华》和《2046》的创作灵感和人物原型，更是其中不少迷人金句的原作者。"所有的记忆都是潮湿的"，《2046》里这句经典台词就来自刘以鬯的小说《酒徒》。为什么我会在563弄口，突然想起这位老人，因为没有这条弄堂走出的年轻人，就没有整个香港严肃文学的起肇，也就没有王家卫辉煌的电影生涯，没有沪港两地血肉相通的文学脉络。

如果打开1947年出版的《上海百业图录》江苏路的页面，顺东侧路面由上往下细细搜查，过了忆定邨和同乐剧场，会看见云飞汽车公司。这是一家美国福特汽车属下的出租汽车公司，如果时间穿越，回到当年的忆定盘路，可以看见巨大广告牌"云飞汽车，服务全埠，分行十处，日夜服务"广告语赫然在目，叫车电话 30189。紧靠广告牌的 559 弄，也就是如今的 563 弄，深入其中 30 米，会看见两栋三层楼的洋房，这就是刘以鬯的家，他 30 岁前的居所。

刘以鬯，1918 年生于上海，16 岁高二，发表第一篇小说《流浪的安娜·芙洛斯基》，由大两届的同学华君武配图，1941 年毕业于圣约翰大学哲学系，1947 年父亲刘敬如去世，1948 年离开上海赴香港。这是刘以鬯前三十年的最简单的概括。

如果再具体一点，刘以鬯出身一个英语流利的教师之家。他的父亲刘灏，字敬如，又名怀正，祖籍浙江镇海，乃是老同盟会会员，于 1925 年担任黄埔军校的英文老师，兼校长蒋介石的英文秘书，刘以鬯的大哥刘同缜，则为宋美龄女士的英文秘书，直至 1949 年经香港移居巴西。

江苏路 559 弄这两栋标明 99 号 A 栋和 B 栋的洋房，到底藏着怎样的风景，易明善教授撰著的《刘以鬯传》第三章介绍：这是两幢三层一体的花园洋房，结构、式样完全相同，两栋相对独立，三楼有过道连接。抗战以前，刘以鬯的父亲在忆定盘路（江苏路）旁买地，为他们兄弟俩建造了这两栋房子。院内有假山、水池、草地，环境清幽，确实是一个读书、写作和做文化工作的好地方。

作家徐訏应刘以鬯之邀，寄寓出版社，他称赞这里舒适、安静，有浓郁的文化气息，徐訏还特地把鲁迅赠给他的录李长吉诗句的一幅横条墨宝，挂在客厅最引人注目的地方，诗句是

"金家香弄千轮鸣，扬雄秋室无俗声"。经常有作家和文友在此聚会。二十六岁的刘以鬯与徐訏商量出版社的名称，刘以鬯以家中堂号"怀正堂"，将出版社命名为"怀正文化社"，取其有浩然之气的意思。

刘以鬯除了自己创作，最可贵的是聚拢了上海一大批知名作家，出版了他们的作品，包括徐訏《风萧萧》《灯笼集》等，许钦文《风筝》，熊佛西《铁花》，刘盛亚《水浒外传》，丰村《望八里家》，王西彦《人性杀戮》，施蛰存《待旦录》，田涛《边外》，李健吾《好事近》，戴望舒译作《恶之华掇英》，姚雪垠的选集《差半车麦秸》《牛全德与红萝卜》《长夜》《记卢镕轩》，等等。以"刘以鬯"这个笔名主编的"怀正文艺丛书"就这样陆续出版，集结了抗战胜利后一批文学作家，成为上海滩上的一道文学风景，而发行人"刘同缜"就是刘以鬯的大哥，即这所刘宅 B 栋的房主。出版社遂在上海异军突起，江苏路 559 弄成为战后文化人的据点。

上海滩老作家沈寂，在回忆第一次到 99 号 A 栋，与刘以鬯见面时写道："我一进门，刘以鬯已在客厅等候。只见他眉目清秀，和蔼可亲，身穿一身黑色西服，扎一根蓝领带，整整齐齐，彬彬有礼，使人感到一种超凡脱俗的气质。"可以想象，几年前，刘以鬯还是圣约翰大学的篮球代表队队员，身板气质都在，而沈寂刚刚二十出头。后来，刘以鬯把生活习惯带到了香港，一位香港作家回忆道："二十多年前，因文学之缘而认识了刘以鬯先生，总觉得他永远保持着上海文化人的习惯，西装骨骨，发型整齐，钟意饮咖啡、吃西点、品尝美食，谈吐文雅，对西方文学流派及其手法十分熟悉，对内地、香港的文坛更是如数家珍。读他小说，似乎可以看出他的浓浓的上海情结。因而，我相信，应该是上海孕育了他人生前三十年的文学基因。"

更可贵的是，刘以鬯在上海秉持的都会灵魂、品格、想象力没有因为去香港而被切断掉。与一大批作家全体想象力萎缩，形成鲜明对比。

40 年代后期，刘以鬯的父亲离世之后，他和大哥先后离沪，怀正文化也风流云散。刘以鬯的母亲一个人留守大屋，直至 1949 年以后，当时的街道委员会代表政府对老太太说："你一个人住这么一间大屋也甚不方便，不如我们帮你找间小一点的房子吧！"刘以鬯的母亲先迁居去了愚园路，后来因生活上乏人照顾搬回浦东老家去住，最后在那里终老。江苏路两栋大洋房的命运，变得扑朔迷离。

50 年代初期，作家沈寂在香港，因为参与工潮，被港英当局驱逐出境，他回忆说："我回到上海后，听上海老朋友告诉我，解放后，刘以鬯的出版社因用他父亲的名字'怀正'二字，被诬为'怀念蒋中正'。他出版的所有书籍，都被认为是反动图书，根据他的小说《失去的爱情》改编的电影非但禁映，而且还烧毁拷贝。"

时间来到 1994 年，刘以鬯第一次回沪，他与太太罗佩云

老年刘以鬯

刘以鬯和太太罗佩云

江苏路 563 弄口朝里张望，刘以鬯所描述的两栋小洋房已不见踪影

去江苏路寻找旧居，四十六年，上海物是人非，刘以鬯夫妇没费多少周折就找到了旧居。关于这次重回旧居，刘以鬯在2002年5月9日的《回家》一文中这样写道：

在香港住了四十多年，我怀着深厚的感情重回老家。回到家门，意外地见到铁门的石柱上挂着一块学校的牌子。这是星期日，铁门关闭。我揿着门铃，一个白发看守人走来应门，睁大眼睛对我凝视片刻，用微抖的声调问："找谁？"我说："这是我的家。我是屋主。"我迈步朝里走去。白发看守人不加阻拦。进入旧居，见到的东西很熟悉，也很陌生。底层的出版社已变成学校的校务室，客饭厅已变成课室。我走上二楼，摸着楼梯的扶手好像紧握亲人的手，暖烘烘的。二楼的房门全部紧闭，我无法见到房内的情形。我走上三楼，虽然卧室与书房已变成课堂，我仍能从房门、钢窗与天花板上感到家的温暖。站了十几分钟，舍不得离去也不能不离去。我紧握楼梯的扶手一步一步走下熟悉的梯阶，走出旁门，走到铁门边，见到那个白发看守人，我提高嗓音说："这是我的家。"白发看守人摇摇头，用轻细低微的声音说："这是学校。"

我站在563弄的弄口，我被浪潮般的人流车流抛在一边，一点也想象不出这里曾经的名士风流，文采书香。它怎么会成为香港严肃文学的源头，衔接王家卫影像审美的底色。那些被写入中国现代文学史的大师，有没有留意这个他们的孵化基

195

地？刘以鬯赴港后坚持自己的文学创作，1985 年，刘以鬯在港岛创办了第一份纯文学刊物《香港文学》，提倡和坚持严肃文学。

刘以鬯的老朋友施蛰存，住愚园路岐山邨，离江苏路一箭之遥，为了这两栋他心中的老洋房，写信给远在香港的刘以鬯："知兄故居犹在，不知兄是否有意收复失土？近年来，私房发还，对港美华人产业优先落实，兄故居是否有可能收回？要不要我介绍一个律师办理此事？"

一年以后，施蛰存又去信刘以鬯："江苏路正在扩展，将改为五车大道，……足下房屋，是否有权可以收回，如可能务必从速办好手续。……兄万不可拖延下去，到明年，兄必无法收回了。以此奉告。请注意。"刘以鬯回复："曾搭机返沪，向当局申请发还旧居，虽有土地权状等证件，却没有达到目的。纵然如此，我还是非常感谢施蛰存兄的好意。"

老洋房到底命运如何，据热心人士实地勘察，结论是，原 559 弄 99 号 A 栋和 B 栋已没有了，都被电信局占了，包括沿马路及两边都是新建的。电信局院内有一幢 3 楼，估计是原来的建筑，但已改建了，也不能进门细看。

2018 年 6 月 8 日，从江苏路出走，带着"怀正"使命的刘以鬯在香港去世，享年 100 岁。他被誉为香港"本土最重要的现代主义大师"，其作品奠定 20 世纪香港文学的价值与地位。其作品《对倒》及《酒徒》分别引发香港导演王家卫拍成电影《花样年华》及《2046》。顺便说一句，王家卫也是从上海去香港的，他和刘以鬯一样，心里有一个原装的上海，是他们念念不忘时时重返的精神原乡。

如果我是一个越剧的粉丝，听完咿咿呀呀带一点点哭腔的戚雅仙毕春芳的表演，从江苏路上西同乐剧场出来，环顾四周，天色已晚，想吃一碗小馄饨做消夜，我要散步到延安西路口，经过一个已经打烊的酱油店，酱油店楼上，住着一个武夷路小学音乐老师，他们全家几个孩子各会一种乐器，胡琴、琵琶、扬琴，时常合奏，让寂寞的江苏路中段有一点点活气。50年代江苏路靠近延安西路的夜晚是灰暗的，甚至有一点点荒凉，路灯间隔很远，钨丝灯泡的光像融化的蜡，顶一个租界时代遗留的搪瓷灯罩，灯罩有散射状波纹。电线杆也是租界时代留下来的，黑漆漆笔直的洋松，被粗大角铁箍紧在水泥底座上。街边房屋低矮，无甚可观，和现在江苏路延安西路口，车水马龙，车行人行高架层层叠叠，完全两个世界。我的小馄饨浅浅一碗，碗中倒映同样灯光蜡黄的达华饭店，西区最后的高层建筑，仿佛孤独的巨人。

江苏路上音乐老师的家，正对一条神秘而又不可忽略的马路，江苏路还叫忆定盘路的时候，它叫吕西纳路（Lucerne），即现在的利西路。路名由来比较奇特，瑞士建筑设计师以自己家乡卢塞恩来命名。这条窄窄的略带弯曲的马路，每天早晨七点半，一辆雪佛兰轿车开出来，顺忆定盘路向北，缓缓驶过愚园路，在中西女中大门口停下来，司机开了车门，下来一个留短发的女孩，夹一个有一对木质提手的细帆布书包，弯而细的眉毛，一双上海人称为的"肉里眼"，同学叫她 Daisy。Daisy 英语流利，远胜于她的国语，她的国语带浓重广东腔，在这个贵族学校里不算特别显眼。她的中文名字叫郭婉莹。

司机放下郭家小姐，眼看她进入学校大门，随即调头，回到吕西纳路大房子车库里去，随时等候老板吩咐。

吕西纳路这栋屋顶陡峭的大房子有足球场大小的草地，园丁精心打理的绿色草坪，衬托大面积赤陶瓦片屋顶，有一种北欧的情调。只有北欧或阿尔卑斯山积雪严重地区，才把屋顶造得如此陡峭，让积雪顺势滑落，不至于压塌房子。挺拔的烟囱从屋顶里钻出来，点缀得像童话。

我沿今天的利西路靠近大宅，大宅的通道已经堵死，出入要从延安西路走。风格明显的大宅骨架还在，Daisy 已经去了天国，房管部门在大花园里建造了两幢六层工房，花园缩成小小一块硬地，大洋房和两栋工房塞满了居民，大洋房容纳了24 户人家。人口膨胀带来的空间挤压，有产有罪的底层逻辑，眼前是最贴切的物象表达。


1909 年，郭婉莹 Daisy 出生在澳大利亚悉尼。要知道 Daisy 的父母，就必须说起南京路上两家著名的百货公司，先施公司和永安公司，一家老板姓郭，一家老板姓马，Daisy 就是郭马联姻的产物。1917 年，布尔什维克占领冬宫同一年，中国人剪掉辫子第六年，南京路浙江路口出现了一栋宏伟的建

郭婉莹

筑，它就是先施公司，打响了华人大型百货公司在上海第一枪。一年之后，同样壮观的永安公司继往开来，在先施公司对面开门迎客。两家都是广东香山人，既是对手也是亲戚。1915年 Daisy 已经随家人回国，她的父亲郭标看中了吕西纳路的大房子，从瑞士人手里买了过来，从此成为 Daisy 的乐园，也成为她的失乐园。少女时代，除了每天规规矩矩去中西女中上课，她最开心的事情，就是和宋家的孩子一起玩耍，比她大十五岁的大哥哥宋子文，几乎天天来郭家吃饭，有人说，他看上了郭家的某一位姐姐。Daisy 跟宋子文学上海话，没有多久，Daisy 的上海话已经非常流利了。吕西纳路房子特别大，Daisy 最喜欢捉迷藏，几次为了躲得别人都找不到，她都忘记怎么回到伙伴群中。

父亲郭标在上海滩名声太大，他最担心自己的孩子成为绑匪的目标。上海滩黑道敲诈勒索劫持人质的事情时有耳闻。郭标让司机保姆陪孩子出门，陌生人一概不来往。有一种说法，宋家管账的宋美龄和郭家管账的二姐波丽好成一团，暗地里交流小心思，怎么从账目里抠出钱来，结伙去看新上映的美国电影。一旦得手，一辆小汽车就载着 Daisy 和姐妹们，顺忆定盘路扬长而去。

一个人的命运，就看你的人生重叠在什么时代。1979 年后的 Daisy，去中山公园对面的硅酸盐研究所给人教英语，她要为乘 96 路公共汽车还是 20 路电车纠结，乘电车可以省下一分钱，但是必须沿江苏路走到愚园路。

1932 年，整个永安集团的大老板，吕西纳路大房子的主人，郭婉莹 Daisy 的父亲去世。两年后，25 岁的郭婉莹第一次婚姻，丈夫是留美海归吴毓骧。两人过了一段平稳的好日子，郭婉莹和朋友合伙设计时装，丈夫辞去清华教职，回沪进了外资牛奶公司。接下来的岁月动荡，为郭婉莹的命运预埋下不安。

郭婉莹和永安公司后期的实际掌门人郭琳爽是堂兄妹关系。郭琳爽的父亲郭泉，是郭标的弟弟。郭家在上海有许多物业，比较著名的，我们曾经去办理签证的淮海中路启华大厦，南京西路铜仁路口的"对外友协""外事办"两栋法式大宅，每一个上海人都印象深刻。

郭婉莹婚后是否仍旧住在吕西纳路的大房子里，不得而知。据《外滩以西》的作者张军提供的信息，他们结婚，还是登记在这所大房子里。订婚时，这里的大草坪上摆了一百多张桌子，请亲朋好友来见证幸福的时刻。

和海归吴毓骧的婚姻，三年后出现了裂痕，1937 年八一三战火从天而降，吴毓骧的牛奶公司被炸，可以想象荷兰乳牛四处逃窜的镜头，吴毓骧遭受打击，意气颓唐，沉迷牌桌不能自拔，甚至要郭婉莹去敲第三者家门，把吴毓骧从别的女人身边找回来。郭婉莹继续打零工补贴家用。外面的胡混终没有结果，吴毓骧回了家。抗战胜利，吴毓骧和外国人牛奶生意逐步恢复，他又得到一个处理敌产的美差，郭婉莹的生活又趋于平静。

好光景终于在十年之后彻底结束，1957 年，吴毓骧被"划右"，1958 年 3 月 15 日，他在办公室被捕。郭婉莹也未能幸免，戴一顶右派分子帽子，她被送去了农场，漂亮的首饰和旗袍从此与郭婉莹彻底无缘，修路挖河，曾经的粉妆玉琢，变得满手老茧，肩膀留下硬痂。大冷天，安排到南码头仓库，剥去大白菜外面烂掉的部分，一天下来，手指完全没有知觉。日积月累，她的十指变形，成为一个劳作感十足的农妇。

1961 年，有人通知郭婉莹，吴毓骧在监狱病逝，在吴毓骧尸体火化之前，她被允许可以去停尸房看丈夫最后一眼。有一篇文章描述："在监狱医院停尸房，郭婉莹见到了一具干瘦得可怕的尸体。一时间，郭婉莹陷入了迷惘中，这具尸体真的是她的丈夫吗？最后，她去摸了摸那具尸体的手，因为有人曾告诉她，一个人可能会变得面目全非，但他的手终生不会有太大的改变。"

1963 年，54 岁的郭婉莹两鬓斑白，有人通知她去青浦乡下劳动，这不是农家乐乡野观光，稻草为顶的鸭棚潮湿阴冷，泥地上铺稻草，直接睡上去，八个人硬挤，挤得翻不了身。接着，被通知需要替丈夫偿还 6.4 万美金和 13 万元人民币；抄家，他们的家产，连同郭婉莹的首饰、瓷器，当年的婚纱，全被拿去估价清卖。仅仅因为郭婉莹的英语，在澳洲打下的底子，她又被通知，去外贸职工业余大学教英文。

如果根据通行的法律，出生在悉尼的郭婉莹天然属于澳洲公民，但是她从来没有在每一次风暴来临时候，以此来作为抵挡。以致很长时间，本地侨务办公室官员，都不知道有这样一位澳洲侨民。

1994年某一天，上海摄影圈的大牛尔冬强先生为85岁的郭婉莹拍摄了一组照片，地点是利西路大宅南附房门口，老太太一头银丝，与一串银色项链呼应，阳光下熠熠闪光。深色的旗袍，暗棕色的丝袜，脚上带蝴蝶结的平跟船鞋，表情安然，甚至带一点点调皮，完美诠释她年轻时候的主张，生活要有Fun。她左手支撑着已经不年轻的腰肢，仿佛什么事情都没有发生过。难以想象的错愕接二连三，都没有把这个将Fun看得无比重要的女人击倒。少女时代，有一个追求她的男子，为了得到郭婉莹的爱情，不惜自残相逼。郭婉莹断然拒绝，理由很简单，就是你不够Fun。

85岁的郭婉莹在尔冬强镜头里定格，背景里大宅已经残破，违章搭建侵占了仅剩的一点硬地。粗陋的水泥柱，拉扯铁丝和绳索，滴水的床单衣服悬垂。花盆和废弃的搪瓷脸盆，胡乱堆在角落里，种着葱和不知名的植物。原本二楼露台，应该是铁艺栏杆部分，用红砖交错来替代。让人想起贾樟柯镜头里的山西。时间销蚀了一切，24户人家，如何先后插入老宅原有的厨房和卫生间，如何用暗中挪动家具的办法，一点点蚕食"公共空间"，在郭婉莹眼睛里，一点点Fun都谈不上，更不要说其他。即使在1966年，郭婉莹被扫地出门，和两个孩子挤

郭婉莹与朋友

永安公司创始人郭标与家人在利西路大宅前的合影，前排左一郭婉莹

郭家的旧居，现在住 24 户人家

进一间只有 6 平方米小房子里，屋顶还有个破洞。她让朋友帮忙，找来塑料片补上，剪几个星星出来，贴在塑料片上，这样可以想象自己是睡在星空下。1967 年，郭婉莹又一次被通知去崇明岛，做清洗厕所、刷马桶的工作。锦衣玉食优雅一生的千金小姐，被勒令以刷马桶为业。如果她心里没有 Fun，何以度此残生？

再补充一段长歌当哭的第二次婚姻，1976 年，67 岁的郭婉莹和多年的老朋友汪孟立结合。汪先生是郭婉莹燕京大学时期的同学，英国牛津毕业，多年来，一直帮助处在困境中的郭婉莹。婚后常常一起去旅行，这是两个人晚年最温馨的时刻，有懂她的人陪伴。四年以后，汪先生罹患癌症，郭婉莹奔波于医院，投医两年，汪孟立去世。

或许，大宅的枯荣，人生的兴衰，本来就是一个超级的大Fun？

我不清楚郭婉莹是如何向作家陈丹燕打开心扉的，但是我可以想象，她的诉说，不带一点幽怨的情绪，她不会声嘶力竭，历数不公，眼泪一把鼻涕一把，准备很多条手绢和餐巾纸，悲愤控诉，这不是郭家小姐风格。我是这样想象的：月亮在白莲花般的云朵里穿行，晚风吹来一阵阵快乐的歌声，我们坐在咖啡馆的小桌旁边，听妈妈讲那过去的事情……如此云淡风轻。此后，陈丹燕的《上海的金枝玉叶》问世，文字就是刻痕，个人境遇投射出一段历史。

1990 年，郭婉莹终于有机会第一次重返澳大利亚，离别已经七十年。她 81 岁生日，是在出生地度过的。她去看了以前的老房子，依稀还记得在离开前，她对小朋友们说，爹爹要带着全家到一个叫"上海"的地方去。上海，在这个小女孩的想象中，也许是餐馆，也许是主题乐园，也许是有许多布娃娃的玩具商店……这一次，在澳洲有关部门特别举行的仪式上，她被确认为澳大利亚公民身份，尽管迟了近一个世纪，然而一切都已经物是人非。

# 十二

我在江苏路这一段行走，时常会疑惑，夕阳照在 70 年代后期沿街板房上，灰暗的基调，染上一片亮橙，上街沿宽不过一米，晾干的木马桶斜倚在墙边。记得有一家小小的服装店，正对利西路，橱窗里没有人形模特，简单得有点寒伧。一个漂亮的女营业员叫陈娟，她父亲是天山路地段医院老中医，她会不会和郭婉莹擦肩而过，郭婉莹会不会到她的店里买一件衣服？如此联想，缘于我从郭婉莹后来的照片里，看见她穿一件小圆领短袖衫，那种裁剪的样式，正是陈娟店里的，一切以节约为前提，让我想到捉襟见肘的成语，加上八分钱一碗阳春面，一度是郭婉莹的标配。

我迷迷糊糊走进利西路，夕阳刺得眼睛生痛，我无论如何找不到大宅入口，难道大宅消失了？我踟踟蹰蹰来回踱步，后来被告知，为了照顾两栋草地上兴建的工房，利西路 19 号大门封了，改走延安西路 949 弄。

上海，这样的女人，不会是唯一。真的，如果没有陈丹燕，没有尔冬强，郭婉莹就不会被提起，也许和大多数人一样，淹没在芸芸众生之中。

我多次想放弃对利西路其他建筑的描述，建筑的硬数据，往往死板，比不上人的命运，值得我们去探究。慢下步伐，在郭家大宅后面，还有一些有故事的大宅。从空中俯视，利西路更像是江苏路的一条弄堂，一连串大宅，是江苏路叶脉上结出的果实。

利西路有点年头的建筑是44号，1889年李鸿章为其老母所建的"别墅"。李氏家族物业遍布上海，如曾经出过"丁学雷""小妾丁香"的丁香花园，华山路上住过很多文艺界名流的枕流公寓，延安西路李宅，复旦中学李公祠等。利西路44号，仿中国传统的2层塔形建筑，缘于李鸿章老母亲是虔诚佛教徒，塔一词来源印度，它的形制在老太太脑子里根深蒂固。老屋尖顶，有过一只振翅欲飞的仙鹤。这幢塔式建筑全系木结构，据说采用了上乘檀木，整个氛围，可以借助电影《活着》福贵一家败落之前的陈设来比对。铜质狮子头门扣，镏金弥勒坐像，紫檀木浮雕二十四孝图，十八罗汉木雕像，镶嵌螺钿的浮雕，所有细节，一股腐朽没落之美。可惜历次"维护"，这些细节所剩无几。李鸿章母亲1882年就去世了，她一天也没有在此居停，这里存放了李母最钟爱的镏金佛像。

老宅直至20世纪40年代，还由李鸿章的孙子居住。眼看时局变幻，李鸿章孙子移居美国。1949年后，此房分割，六户居民入住。

利西路24弄5号的"戴宅"，因为香烟出名。老板戴耕莘，当年上海滩著名的华成烟草公司董事长，和陈楚湘搭档，

利西路 44 号，李鸿章为母亲造的纪念性建筑，一度装潢奢侈

利西路 24 弄 5 号，曾经是烟草大亨戴耕莘的住宅，后来被解放日报买下做职工宿舍

以"美丽牌""金鼠牌"香烟大赚特赚。陈楚湘在愚园路市西中学（原西童公学）对面造起了涌泉坊，自己还在涌泉坊深处造了一栋独立大洋房。戴耕莘则在利西路建一栋花园别墅，华人设计师顾道生操刀设计，位置就在利西路和江苏路的转角处，背靠安化路。法式风格，带老虎窗的两层半，砖木结构，落地钢窗。以我的眼光来看，戴宅的设计与南边郭家的一比，高下立现。尽管贴了很多外国符号，整个比例欠均衡，多少有点扭捏。据载，这幢住宅后来由戴耕莘的儿子、华成烟草公司股东戴伦庠继承。1950年，戴伦庠将它以人民币十四亿元（旧币），转卖给解放日报社作职工住宅，自己搬到了五原路。

现在的戴宅，由你想象它的状况，花园已经变成硬地，私家车停满，垃圾房突兀于硬地正中，废弃大床垫堆在一边。人家众多，各人有各人的活法，搭建不可避免，已看不出烟草大王居住的痕迹。勉强有几棵树，自生自灭。晾晒衣物和塑料遮阳篷，让原本建筑上的西式符号显得多余。总体而言，说不上颓败，将败不败的样子，应该说无序，或者说这种房子，根本配不上本届人民。唯有崩了牙的石阶，花岗岩质地，表明它曾经也体面过。

# 十三

江苏路小夜曲，我想借用古典音乐曲式的名字，写得轻松一点，不要让读者觉得这本书对江苏路的描写充斥着死去的人和不祥。不过当岁月翻篇的时候，的确有许多人，许多事情，经不起时间的消蚀，消失在历史的深处。我说过，我是打捞局工作的，钩沉是我的责任，贩卖往事是主业之外的副产品。

江苏路的夜并不迷人，任何人留心地铁末班车结束以后的江苏路，都会发现，江苏路依然车来车往，它不是家的所在，它只是一条通道，家在远方，江苏路是头也不回匆匆离去的背影。

以前的江苏路不是这样的，海外朋友会怀念江苏路上"新兴食堂"，一个临近愚园路再普通不过的饮食店。六七张老榉木方桌，常年碱水洗刷，显出木筋。木筷参差不齐，散置竹筒，板凳黏糊糊的。新兴提供大饼油条、阳春面、线粉汤、咸甜汤圆。临街做线粉汤的绍兴伙计比较显眼，龅牙外露，苦大仇深，没有笑容。抓一把线粉放进小网兜，黑乎乎大拇指，掐断拖尾部分，入开水撩起，粗瓷碗上一横，线粉油豆腐虾皮，十足点线面美学。旷世老剪刀一把在握，对准油豆腐，咔嚓几下，一勺老汤加几滴辣油，海外朋友就是怀念这个滋味。假定新兴食堂复活，一定大失所望。

70年代凌晨三点新兴食堂，江苏路唯一亮灯店铺，炉子尚未生火，运豆浆黄鱼车已经停在门口，铝桶卸下，守店的人说几句骂人话表示亲切，半夜话音断断续续，一切又恢复平静。夜猫横过马路，警觉张望，霍地消失。两个头顶藤制安全帽上海民兵，手持长柄手电筒，边打呵欠，边摇摇晃晃，到新兴食堂门口，朝里看几眼，快快而去。一个年轻人来到路口，站立不动。牛奶公司货车，奶瓶清脆敲击声，静安寺方向驶来，五大格瓶装牛奶，放落路口邮筒旁边，等待送奶老阿姨，天亮之后分发。起雾了，江苏路空气湿度加大，路灯灯光晕化，周边显得更黑更暗。又一个姑娘过来，和年轻人轻声攀谈，好像一起等待谁。两个煤气公司巡查员，沿愚园路慢慢步行，至江苏路口，两人手持长管，长管一端带橡皮喇叭口，仿佛乐队号手，他们的专业，利用深夜没有其他气味干扰，靠鼻子嗅觉，寻找煤气总管泄漏气味。人走远了，路灯下只剩两个年轻人，路口像一个有意留白的话剧舞台。三点十分，汽车引擎声从市三女中方向传来，车到年轻人跟前停下，公交公司交通车，专门接做头班车的司机、卖票员，交通车司机大多是临近退休老头，他们从不按喇叭，问他，回答是，人家都在睡觉。

江苏路于是什么声音都没有了，几乎天天如此。唯一一次，一个少女赤身裸体，从愚园路983弄跑出来，像一道白光，在江苏路口一晃而过，这是一个患精神分裂症的女孩。我在朋友弄堂里见过她，漂亮，短发，健健康康的样子，大眼睛萝莉相，和小朋友一起玩"造房子"游戏，谁都没有想到，青春期遇到这样的不幸。

我的思绪顺江苏路往南挪，江苏路延安西路口立定，环顾四周，如果让我选一栋我不喜欢的楼，非"化工大楼"莫属。东北角位置，紧靠高架，立面切得很碎，仿佛一脸皱褶。三十几年前马赛克贴面，符合拮据时期相貌。再过一个三十几年，产权即要到期。这栋建于 1990 年的楼，标注为江苏路 599 号，另外有一个号码，581 弄 1 ～ 2 号。

化工大楼让我想起一个朋友，借住在这里的海龟王磊，对，就是那个将理发一事弄得上海滩女界人人皆知的理发师。认识王磊的时候，他刚从美国回来不久，带美国洋太太定居上海，他是山东人，到上海来属于"沪漂"，在古北万科商务楼底层台湾人开的美容院里做理发师。从王磊简历看，他毕业于美国美容美发学院——标榜（Pivot point）芝加哥总部，之后，进入好莱坞电影化妆学院，学习电影电视专业化妆。1994 年我和合作者拍摄影子（音乐剧明星）MTV，请他来做造型，影子不满意，弄得不开心，说他冒牌货，王磊急于为自己辩解，拿出美国学业证明书，小风波就此作罢。

王磊住江苏路时候，已经和美国太太离婚，太太跟美国人跑了。同居的 S 小姐，是古北美容院的员工。台湾老板和王磊

王磊理发的 logo 曾经风靡一时

龃龉不合，扔下一句话，你不就是剃头的么。加上 S 小姐前度男友要找王磊算账，王磊一气之下离开。后来在南京西路电视台大楼里继续开了一家小店，做美发生意。

王磊突然爆红是他将美发店移到梅龙镇广场，他为自己设计了 logo，起名"王磊形象公社"，完全 POP 风格，光芒四射背景前，排列一众猛男。王磊解释说：就是要土一点。这个时候，王磊迎来了高光时刻，相继为陈冲、张学友、潘虹、杨澜、刘欢、马艳丽等多位明星设计造型，受邀为本城国际电影节、时装节、亚洲音乐节等活动做形象设计师。

王磊的确有活儿，我知道他确实有两把刷子，而非浪得虚名。能够把生意做得这么大，让人没有想到。梅龙镇广场最高一层，成了王磊的美容学校，一批批年轻人，花学费投奔王磊门下，以王磊学生桂冠，可以在理发行业混个好差事。梅龙镇广场是王磊据点，五楼和八楼都有他的美容护肤机构，美国法国进口，护肤仪器满满当当。挂王磊牌子的美容院，散布全市各大商场，据说，当年找王磊做造型，2000 元起板，不但要预约，而且可能排不上号。

王磊的头衔也越来越多，例如，世界发型设计家协会中国地区技术总监，世界发型设计家协会华东区分会会长，国家职业技能竞赛裁判员，中国发型师杰出技能大赛专家评审委员，上海青年联合会会员，上海市劳动和社会保障局考评官，上海市美发美容协会副会长，施华蔻专业中国地区创意大使。新民晚报上，有"王磊形象指南"栏目。

我再次遇到王磊的时候，他胖了，脸上洋溢着幸福的笑容。我想，他不会再住江苏路化工大楼了。

过了几年，一段时间没有他的消息。王磊像蒸发了一样。查美团，梅龙镇广场、巴黎春天、汇金广场、中山公园龙之梦、西藏路来福士，不知道什么原因，那些打王磊形象公社名称的美发馆一家家歇业。

上海就是这样，潮起潮涌，真不知道下一个是谁。

在我的童年印象中，美康就是天堂的模样。这里的美康，是江苏路愚园路口一家食品店，集中了我能够感知的世界上最好吃的东西，各种各样的蛋糕、五颜六色的裱花、焦黄的杏仁小圆饼，锡纸包装的巧克力，甜到心里的冷饮、糖果，永远散发喷香气味，我垂涎欲滴蹲在浅黄色磨石子地坪上，脸几乎贴到柜台玻璃，一件件数过去，哈斗、点缀樱桃的蛋糕、贝壳状的曲奇饼，心里默念，我要吃这个，这个……在我长身体的时候，正逢饥馑年代，柜台里的东西都没有了，一切都要凭票供应。后来出现了高级糖、高级食品，据说是为了回笼货币，一个热腾腾的水晶包5元，像瑞士名表一样供在橱窗里。60年代初期，5元抵五口之家一周的菜金。

1941年的上海百业指南上，美康已经存在，经理叫李道耀。至今不清楚原来老板是谁，有一种说法，美康是阎家的产业，阎家有一个69届初中生阎兆春，曾经去黑龙江插队。美康一定是被公私合营了，上级是长宁区烟酒糖业公司。美康头头，一个喜欢香烟横叼的中年人，做生意干净利落，他可以决定一块包装破损的紫雪糕打折，大声嚷嚷强啦强啦，也可以决定让一个中学生帮忙，把围绕天花板一圈的陈旧标语换下来。这个中学生就是我。

1967年夏天，上海的空气有点异样，上海柴油机厂两派的争论演变成武斗，牵动整个上海，手持洋圆（铁棍）的工人，一卡车一卡车往大杨浦方向驶去。我被住在美康对面的同学介绍给了美康的头头，说让我来写字，没有问题。头头也够爽，让我开一张清单。铅画纸、底纹笔、广告颜料第二天就到了，我在美康楼上写美术字，内容已经记不得了，大致是颂扬领袖及形势大好的口号，橙色的美术字，每个字比A3略大，勾勒深蓝色的边，这样有立体感。

美康二楼乱糟糟的，角落有一张守夜人的床，床头有一些痔疮膏之类药品。隔开一个小空间，放一个木马桶，隔一会儿有女营业员上来方便。最显眼的是两个大铁桶。同学知道我已经开始写字了，带了几个人，上来看热闹，铁桶一下子吸引了这批无聊透顶的家伙，同学朋友都是一批打架的料，学校不上课，社会上混。揭开盖子一看，满满两大桶已经混好比例的什锦糖，金银色包装纸闪闪发光，饿狼们一把把往口袋里装，我当时比较狼狈，我已经过了嗜糖年纪，头头如果把这一笔账算在我头上，岂不冤枉。我说好了好了，饿狼们总算收手。美术字完成以后，头头问我喜欢什么，我说我来帮忙卖冷饮，他让我在冰箱后面卖了一周冷饮，老式冰箱马达轰轰响，两个锅盖大小的盖子又重又卡，手伸进冰箱，麻得不行，让我对这一行的好奇心降到零。我想，头头对什锦糖缺少的事情应该很清楚，只是眼开眼闭罢了。同学也算是美康义工，有空帮忙踏黄鱼车，还软糕点送到长宁路食品厂，重新烘焙。

大约十年以后，中国女排第一次拿了一个冠军，家家户户电视开得响，一路宋世雄尖嗓音，我荡到江苏路口，远远看见，美康的头头兴高采烈，嘴里横叼的香烟拿下来，他的头发开始花白，香烟点燃早已准备好的高升，嘭！啪！江苏路愚园路口一片喜气洋洋。

现在的江苏路，空了，美康没有了。

# 十四

我一直想表达陈村和江苏路的关系，至今我仍吃不准，陈村的家属于延安西路还是江苏路，那时候不问门牌号码，直闯。他家距延安西路20米，距江苏路25米，后来才得知，还是江苏路，673弄4号。路口东南角，深棕色木门内，一个不小的公共空间，拐弯，楼梯上去，推开正对的房门，上海好房子，钢窗蜡地，满屋子阳光，陈村多半一本书，一支烟。他穿针织蓝色小翻领，皮肤黧黑，那是皖东平原阳光所赐。陈村肌肉结实，他的腹肌，是我们一起游黄浦江时看见的，不多不少，六块。年轻时候流行摔跤，我没有赢过他一次，这让我怀恨至今。

陈村在家里辈分不小，几个漂亮女孩都叫他舅舅，我也连带被称为黄石舅舅。陈村有好几个姐姐，大学老师，街道干部等，还有一个大哥哥，像长他一辈的大人，哥哥在青海工作，偶尔来上海，明显看得出，非常关心自己弟弟的状态。陈村是奶末头儿子，他没见过父亲，所以叫杨遗华。他给我看过一张父亲的照片，褪色，浅棕，一个严肃的中年人。

我和陈村之间的联系就是江苏路，从愚园路口到延安西路

223

口。他每次从插队的安徽无为县回沪之前，会写一封信，告诉我逗留的时间。我会对着信封上的邮票发愣，八分钱，他说过，一天农活，累死累活，还赚不到八分钱。那些人至今叫嚣青春无悔，十足的鬼话。

我说过，我和陈村正式交往，是通过一个漂亮的女孩，在见面之前，她让我看了陈村的文字，让人倒吸一口气，冷峻，有一点点暗色。和另外的朋友小松完全两种风格，小松在安徽来安县插队，他的诗是热烈的，技巧娴熟，节奏分明。

我和陈村第一次见面是在漂亮女孩家里，他不像一个追着女孩屁股的人，当然我也不是，这让我们相互一下子从容起来。要知道，我们几乎都是 20 岁的人，荷尔蒙在血管里奔流不息，常常有爆点，一不留神就会暗地里较劲。

我们相约去黄浦江游泳，不是外滩，是上游，比龙华还要远，在一个叫华新社的地方，沿江一大片芦苇地，除了附近一个无人看管的水泵房，什么建筑都没有，江边有小小的沙地，可以抓蚕豆大小的螃蜞，螃蜞跑得飞快，一下钻进泥洞，无影无踪。远处有船坞，巨大的水泥桩，突出于江面，固定大船的缆绳勒紧，成为我们的跳台。四五个男孩先下水，三四个女孩芦苇丛后面换衣服，一个个露出白晃晃大腿走过来，小松乘机跳水，腾跃，切入，姿势漂亮，陈村则捞起一把底泥涂在脸上，装鬼吓唬人。

经过一轮轮荡涤，70 年代江苏路已经一股死气，文化的碎屑以另外的方式呈现，如果你敢于冒犯，在江苏路一侧吹口哨，比才《斗牛士进行曲》，另外一侧会有人接着你的下一句，当你还没有看清对方的脸，声音已经消失。

那时候，各种各样的画册、翻译小说、唱片在我们之间流传。还有一些非正式的出版物，例如白皮书，我们读到了美国西格尔的大作《爱情故事》，还有巴赫的《海鸥乔纳森》，日本的五个电影剧本，包括《约会》《忍川》《送遗书的人》，还有苏联的电影剧本《礼节性的访问》。我们的地下沙龙会在一个时间交流心得。像《约翰·克里斯朵夫》是必读的，一直读到可以说出厚厚四册中每一个情节。

一个人的一生中，肯要做一件别人看起来犯傻，和金钱没有任何关系的事情，才算完整。陈村做了不止一件，他像一只工蚁，手工抄写了整整一部《约翰·克里斯朵夫》。阿城在《孩子王》里写到一个孩子抄一本《新华字典》，和现实中的陈村比，简直小儿科。陈村还将门德尔松的《e 小调小提琴协奏曲》的总谱翻译成简谱，在调性转换的时候，加了数不清的升降记号。这是文化窒息最好的史料，可以放进巴金老先生呼吁的博物馆。

江苏路成为运送地下读物的通道，在一个时期内，我们看到的画册，包括拉斐尔前派的《盲女》，梵·高的《向日葵》，柯·巴巴的《炼钢工人》。听贝多芬《D 大调小提琴协奏曲》任何人都不许发出声音，对我们而言，那是圣乐，是对崇高的敬仰。唱片是 78 转的，五张唱片，需要正反翻转。第三乐章巴松 solo 出来的时候，他们不许我提示，认为我啰嗦，这让我气馁。在音乐的品鉴上，陈村和小松更推崇拉赫马尼诺夫，认为我喜欢门德尔松，太精致太纤巧。

1973 年，文汇报推出了讨论，关于工农兵上大学政治挂帅的议题，其实上面早就定下了基调。陈村写信给文汇报，报社在讨论版面最下端，刊载了陈村的来信，是另外一种声音。全文如下：

看了上海广播器材厂傅方同志的信，我很赞同他的观点。在确保考生政治质量的前提下，应该十分重视文化考核。

思想好并不等于文化好；大学也不是小学。大学不可能对学生从一加一教起。为了保证教学质量，文化考核是必要的。

我认为，分析问题、解决问题的能力不是凭空飞来的。打个浅显的比方：不识字的人是不可能分析甲骨文的；不明白一些基本的哲学名词，一定不能读好马列的书。那种认为记住中学课程的内容没啥用的思想是很错误的，它事实上是在宣传"读书无用论"。

1973 年 8 月

那个时候，陈村 19 岁。

接着，文汇报上的批判文章登场，强调思想好永远是压倒一切的。家里人担心陈村惹祸，母亲和姐姐都要他"太平点"。慈爱的母亲和姐姐一直为他营造一个庇护所，在她们眼中 19

当年陈村在安徽无为插队落户

1974 年，我们上了一次黄山

岁的陈村永远是孩子。那时候，他母亲还在中山公园附近上联电机厂上班，她对我不间断的蹭饭，总是宽容，我有机会尝到了牛肉，好吃。他们家是回民，牛肉特供。

我们看伊利亚·爱伦堡《人·岁月·生活》，雷纳·克莱尔《电影随想录》。没有办法，年轻时候阅读太少，借书是以小时记，大部头的，最多两个晚上，像梅里美的《卡尔曼　高龙巴》只能够一个晚上。不是看，是啃，刨。每一句都希望刻进脑子。傅雷翻译《约翰·克里斯朵夫》最后一句："当你看见克里斯朵夫面容之日，是你将死而不死于恶死之日。"我的大脑顿时成为岩壁，它是岩壁上的凿痕。

陈村开始跟我恶作剧，他虚构小说，把我写成了一个窝囊废，娶了一个悍妇，外号喳喳夫人，还带三个拖油瓶孩子。周围的人被他一个个写进小说，我的处境最惨。朋友阅读后，信以为真，当面对我大表同情。

我们的青春被无聊和单调的生活充斥，我们真挚的爱往往被拒绝，荷尔蒙让年轻的身体躁动不安。我和陈村荡到铁路旁，找一块基石落座，默默无言，蒸汽火车一辆辆开过，刚刚从中山公园新华书店买来《稼轩长短句》，打开便是："郁孤台下清江水，中间多少行人泪。"读来仿佛自己受了很多委屈，一种夸张的年轻人的垂头丧气，又心有不甘。

我的全家人都被赶去外地，江苏路285弄的房子就我一个人住。我让陈村过来，我半夜要上班，早早睡在小间里，陈村睡大房间，他习惯夜里写作，大家互不干扰，我做了一个纸钟，拨动指针，显示我必须离开的时间。天太冷，下很大的雪，找废木头烧壁炉，建筑工地的废料，几截就可以烧一个晚上，老洋房烟道贯通，壁炉仍旧可以使用，壁炉燃起，顿时温暖。凌晨三点，我推门出去，留下字条："零时有三，炉火依然。"下班回来，陈村呼呼大睡，留言："醒来人不见，被上添新袄。"临走我给他盖了公交公司丑陋不堪的破大衣。

他开始写电影剧本《牺牲》，第一句："皖东平原，一条大河在动荡不安。"写他的遭遇，周围的景物和人，我没去过他插队的地方，但是从剧本里可以读到。除了上班，我在客厅画一幅 3 米 ×2 米的大画，人物众多，真人大小，主题表达我对时局的看法。我们都明白，社会不需要这些"作品"，我们不需要谁的承认，我们只顾继续操作。


和我们视为同道的女孩，要过生日了，（那时候她多可爱啊）那是 1975 年，整个四月，天像漏了似的，雨下个不停。没有仪式，没有蛋糕和蜡烛，灰暗的日子，总要有一点光，让女孩高兴。陈村还在江苏路曹家堰里弄生产组，工作就是不间断拼接纸盒。他为女孩写了一首长诗，一行行竖排，誊写在裁剪周正的硬卡纸条上，一句一条，然后用细绳穿起来，如同古代的竹简，韦编三绝。

我为女孩做了一个 18 厘米高的雕塑，是意象中女孩的身体和面容，她屈腿安坐，双手合在膝盖上，头发被微风吹起。

女孩收到礼物，差一点流眼泪。

陈村的诗，很难想象是从一个受伤的身体里迸发出来的，热情洋溢。今天读起来，仍旧让人感动。由于诗太长，只摘录其中的开头和结束。

写给小朴生日

### 生之歌

啊，你洋溢在空气中的生之歌哟！
唱下去，大声地唱下去吧！
生在沉着又充满热情地高唱，它没有谁的驱使。

我听见了雷声，
雷在我的头顶上一个接一个地响着，它们一个比一个响，
天上有许多云联成一块硕大无朋的紫黑色。
云压下来，差不多碰到了我的肩膀，
我挺直了腰，哈，我笑个痛快。

（结尾）
你们并不需要谁的教诲，我却十分愿意说，我毫不休息地说着，
生便是排斥，战胜和彻底压垮了死。
你们去不去赞美死都可以，但必须赞美生。
在你的，我的和他们的生活里，在我们的父亲和父亲的父

亲的生活里，

在一切已经消灭和将要诞生的生活里，

在自然和它的优秀者人类的生活里，

永远只容纳一个意义——

生便是奋争和进取，没有疲劳或退缩，

一种被始终一律贯彻着的不止不息又自由自在的运动。

1975 年 4 月 17 日

这就是我们不带功利的友谊，尽管男女之间有着青春期特有的暧昧和相互吸引，我敢保证，一切都是健康的。

之前陈村在安徽插队的地方生了一场大病，当地的医院实在差劲，护理不周，使得他背部有大面积的创口。回沪后必须常常去换药，离他家最近的江苏路地段医院，在汪家弄 71 路车站旁一栋大宅里，我陪他去过几次。医生用剪刀剪去背部创口疯长的肉芽，他咬紧牙关一声不吭，偶然随医生的动作抽搐一下，我看得心里发冷。还好，他的生命力强大。

终于挨到 1976 年，一个永远难忘的年头。我正巧被借调到长宁区公安分局交警支队，做交通安全宣传。绘画和摄影，我还能够对付，地点在江苏路 200 弄朝阳坊。借来的人，包括几个运输公司和公交公司的老头，加几个小弟弟。闲聊中，上运四场的老头讲，1945 年他在大连，眼看苏联士兵如何抢劫和侮辱妇女，他自己又如何去抢日本女人的包袱，听得让人不敢相信。电台广播里预告，下午将有重要新闻发布。

同一天，陈村在日记里写了：给了我生的希望。


你的才华，不会被淹没，世界需要你的时候，你已经准备好了。

现在如果去寻找陈村的老家，江苏路 673 弄 4 号，会发现这个路口的东南角，陈村老屋已经被一片绿地取代，平整的高羊茅草，有太湖石和铁树等点缀。交通繁忙到无以复加的程度，高架遮蔽了天空，行人必须攀爬到高架下一层步行天桥，才能到达对面人行道。71 路车占据了一条专用车道，私家车和公共汽车龟速爬行，一切都是对于城市膨胀的应付，诗性荡然无存。我们还能够一起坐下来，谈论沃尔特·惠特曼吗？谈谈他的《草叶集》，谈谈伟大的翻译家楚图南，谈谈他那个绝妙的感叹词"哟"？面对这一切，我像一个失魂落魄的偷渡者，迅速逃离此地。陈村慈爱的母亲已经离开了，她为我留下的名言是：黄石什么都说好吃的。

我和陈村一样，都已经搬离江苏路，他定居在桂平路。在还不到 30 岁的时候，陈村的才华被发现，他大学毕业以后在建筑公司上班，终于被上海作家协会网罗，成为专业作家。大概也是 1976 年后，恩准不用上班打卡，随心所欲的写作者。其实他当年那些被文学杂志和出版社推崇的作品，早在折纸盒的时候已经写就，或者已经构思成型。他的语言是独特的，有时候冷峻精练，有时候嘻嘻哈哈。

和我们相处已久的几位女孩，一个考进北京电影学院，一个考进海运学院，周周折折，都跑到大洋彼岸去了。那些美妙的夜晚，那些一起轮流朗读《草叶集》的冬夜，那些大家屏住呼吸，听任英国管吹奏《新世界》缠绵悱恻主题的瞬间，都随她们的离去而不复存在。

青春就这样在江苏路上稍纵即逝，有甜蜜也有痛苦，有期待也有绝望。

偶尔，海外来人了，我们在陈村桂平路的客厅里相遇，她们的眼角有了细纹，我们的眼袋又填充不少脂肪，美丽的倩影残存，健康的肌肉化为赘肉，我们相视一笑，我们曾经一起面对人生，因为有了灌满信念的头颅，活得丰富而饱满。

后来，我遇到了一个女孩，我发现相互可以交流。再次偶然相遇，我正夹着我的油画作品，去一个展览会投稿，我们说好过几天在江苏路愚园路口的邮筒前见面，她如约而至。断断续续好几年，江苏路邮筒见证，听她讲解剖课，闻她发梢间福尔马林药水的气味，然后我说：我们结婚吧。


离开陈村江苏路的家，再往南，如果行道树没有遮蔽视线，可以直接看见江苏路末端，兴国宾馆内英国别墅，红砖棱状烟囱，凸显于蓝天之下，华山路仿佛是一条边界，江苏路是杂乱的，到此突然终结。

# 十五

80年代之前的江苏路华山路口，偶有48路公交车开过，安静得离奇，96路无声无息从复兴西路绕过来，丁字路口小心翼翼转弯，挤进江苏路狭窄的车道。华山路两侧，行道树和电线杆之间，经常悬挂一长串姜黄色卡纸，延伸至几百米范围，在秋天的风里摇摇曳曳，华山路成为街道手工作坊的晾晒工场，和周围的老洋房亲密无间。

我和陈村会同时出现在这里，不远处就是小松的家。我刚认识小松的时候，他的家已经毁得差不多了，一楼的玻璃窗没有一块完整，用芦席包裹，没有人住，积满灰尘。二楼只有少量几件家具。作为黑帮子女，小松发配安徽插队，留下妹妹和父亲。我们见面，他正准备回安徽，绿皮火车从上海到南京，再往下，经过林场、乌衣、担子，到滁县，然后要看运气，长途汽车，因为司机和县城流氓打架停驶，就要步行几十里路，去相官方向，再往下，钻茅草房。

小松头发硬直，小平头，我们中间，唯一能够摆动双臂游蝶泳100米。他用父亲的丝质领带做打包绳，扎零零碎碎的行李，看不出他有任何心灰意冷，大家随便说几句，他在写诗，

"背负柴扉嗜酒残"。另外在写一个话剧剧本，一个悲剧，年轻的红卫兵头头爱上了黑帮的女儿，关于爱与毁灭。他说台词要反复斟酌，每一句台词的动机，与文字表面的意思有时候正相反。

离别的时候，大家说了保重，然后一起唱歌：

看我们青年人，人数众多，队伍壮大，好像广阔天空的群星，好像海洋无尽的浪花。用斗争和劳动，燃起愉快的火焰，只要你相信幸福也忠于友谊，我们就同前进。太阳在照耀，它为我们燃烧……

陈村也要回安徽去，上海没有这两个人的户口，吃饭都成问题。小松说过，他在乡下最大的希望，就是能够吃老大昌掼奶油。陈村说，他在乡下饿的时候，就躺在床上唱歌。

那是1970年，19岁，最最窒息的日子，我们拥抱，拍背，很像回事，心里明白，这个时代不需要我们，我们是多余的人。

小松在安徽，属来安，大英公社，距离南京不会超过100公里，那里没有一座瓦房，全部是泥墙草顶土坯房，看老乡造房子，泥巴混杂稻草筋，牵水牛踏匀，垒成块当墙，窗户就是一个洞，插几根树枝。几乎看不见没有补丁的衣服，许多孩子光屁股露出小鸡鸡。没有电。肥皂是奢侈品，要用鸡蛋换。小松和老乡一样，住土坯房，喝山芋干酿的土烧酒，说当地的土话。有许多妙不可言的歇后语："茶壶少了个把，光剩个嘴。"在酒桌上必须学会耍赖，眼看当地唯一一个上海人，脸上有一串血管瘤的中年人，外号劳改犯，被灌醉，躺在地上不省人事。两只交配的狗在他身上爬过，被所有的乡下人讪笑。

我们一帮人说好到小松落户的地方集合，陈村率先出发，我们分别从上海、南京陆陆续续在滁县集中。接头人是滁县新华书店营业员，一个漂亮绝顶的上海插队女孩，我还记得她的名字叫焦美光，上海住许昌路。小松周围，没有美女是不可能的，至于和他的关系，我们从不打听。江苏路的日子抛在脑后，狂飙似的革命，大人物的上上下下，几根肉丝的菜汤面，没有裱花的粗蛋糕，暂时忘却。我们搭乡下人的货运拖拉机，结果反了方向。吃了一顿拖拉机手家里的午饭，唯一的菜是"萝卜缨子"，苦涩的萝卜叶子用盐捏过。土路的颠簸让骨头散了架，傍晚终于和小松陈村见面。于是就有了前面说过的，桑椹、花生、绿豆汤的欢迎场面。陈村斜倚床边，哈哈哈大笑。他在黑板上写下："情切花生焦，意盛桑子红，乡人无所有，绿豆汤一盅。"桑子是小松动员小孩子从野生桑树上采来的，花生在土灶上炒得喷香，不知道谁家借的大铝锅，整整一锅绿豆汤。

后面的好几天，我们听到乡下人叫我们"上海佬"。"那个画画的上海佬又来了！"他们说的是我，我曾经给当地老乡画了很多素描肖像，有的被老乡装了镜框，挂在墙上。老乡做模特极其隆重，有的用清水打湿头发，弄得光溜溜的样子。尤其是生产队会计，弄成一个中分的汉奸头。小松在一旁用上海话提醒我：这个瘪三哈坏，画得难看一点。我画油画风景，围观小孩用手指蹭调色板上玫瑰色，涂在脸上，相互逗趣。

我们一起看荷塘月色，月光漂亮得无以复加，一起唱当时禁唱的《山楂树》。在漆黑的旷野里学狗叫。陈村模仿狗叫惟妙惟肖，抑扬顿挫，忽紧忽慢，大家一起叫，远远近近村子的狗一下子全体狂吠，不知道三乡四邻熟睡的村民有没有抓狂。白天，我们一起在棉花地旁闲逛，突然一条大黑蛇窜出，忽又游进草丛，谁都不敢靠近，一团黑乎乎影子，大家只敢手持泥块砸，陈村眼疾手快，一步冲上去，抓住蛇尾巴，三下两下，一条两米长的蛇到手，转身进村，小松说，让我来拿，他要在老乡面前显摆。围观的小孩凑上来，小松把蛇头捅过去，小孩哇地躲开。给蛇开膛破肚，我帮着扯蛇皮，陈村把黄豆大小绿莹莹的蛇胆吞了，女孩们切蛇段，当晚，一锅白嫩的蛇肉，成为美餐。吃的时候，还担心中毒，明天全部倒下，结果一夜安然。


暴风骤雨在远离安徽的地方继续，母亲还在狱中，小松心情并不轻松。

晚上，我们三个人躺在稻草上，小松的茅屋，屋顶茅草稀疏，看得见星斗，土坯墙历经雨水冲刷，千疮百孔，满墙蟋蟀的叫声，萤火虫飘飘忽忽进来又出去。小松和陈村抽烟，三人

安徽插队的小华（前坐）和草屋前的孩子们。作者（后排）和小真（右一）去看望小华

小真给插队的哥哥小松补鞋

沉默不语，想着将来的生活，终老此地肯定是不可能的，又不知道命运将会把我们抛向何方。我们中的女孩小华说过，每个月有 30 元工资，教幼儿园的小朋友唱歌，就是最大的愿望。

话题无边无际，小松相信某一天，我们会被承认的。我说，我最大的愿望是积累作品，开个人画展。陈村说，我来帮你写序言，把你的画展搞得像我文章的插图。我说，我给你的小说画画，让你的小说成为我连环画的脚本。我们的话题转向婚姻与爱情，小松和陈村都坚持自己是不婚主义和无后主义者，洋洋洒洒的理由。他们逼我说，你敢不敢发誓，敢，还是不敢。我不回答，空气有点压抑，发誓是严肃的事情，我喜欢好看的女孩，期待肉体接触，我明白，婚姻并非人类完美的形式，人类什么样的形式才算完美，至今没有找到。让我的荷尔蒙激起的欲望有一个合乎常理的去处，也许婚姻是一个不算最坏的选择。那天晚上，我在善辩的两人面前词穷。

紧接着，我们一伙去了一次黄山。70 年代初期的黄山，几乎没有游客，陈村带头，我们几个冒险，荡到始信峰谷底。然后大家分手，陈村渡江，去芜湖对面的裕溪口，回无为。小松回到来安县，既来之，则安之。我回到江苏路，继续半夜上班。

两年里，我们经历了许多事情，包括陈村的一场大病。小松彻底失望了，周围最傻的人，都被芜湖师专录取了，黑帮子女的帽子一直扣在头上，没有人能够救你，让你在农村无望地待下去。

忽然，上天开了一条口子，插队可以病退。江苏地段医院多了许多人的身影，我在黑龙江插队的朋友一鸣，为了冒充肺结核，把牙膏皮剪碎贴在胸口，让放射科照 X 光的医生大吃一惊，眼前这个年轻人，肺部有大大小小穿孔，依然皮肤白皙面色红润。

小松也不失时机病倒了，他从草棚顶上摔下来，不省人事。急送上海华山医院，此后无知无觉。连护理他的阿姨当他面，把他的豆浆喝去一半，再往里掺水，他都没有一丝表情。这是多么令人难忘的半个世纪前的精彩一幕。

此后，重大的消息传来，一个比一个精彩，终于，下乡的年轻人潮水般涌回上海，江苏路街道有专门的三产，容纳返沪知青。陈村成了月亮里的兔子，做捣药的差事，后来又派去折纸盒。小松则躲在家里养他那个"脑震荡"的病。


今天看 50 年前的照片，依然令人感动，一对璧人，小华小松倚在安徽农村的稻草旁，青春有它应该有的样子。无论岁月如何不如人意，青春总是以它的真挚坦诚，朝气蓬勃，直面一切苦厄。

江苏路沿线出来的人，有其异于常人之处。1966 年前，小华住愚园路 928 弄 7 号，紧挨江苏路，双拼英式大洋房，隔壁 5 号是她伯伯。我和小华哥哥是同班同学，因为意趣相投经常来往，他家客厅壁炉上方照片，孙中山与一个意气风发的年轻人合影，这个年轻人就是小华的爷爷卢信。

安徽来安插队时的小松和小华，上海女孩到哪里都是整洁干净的

查有关卢信的词条："卢信（1885—1933），字信公，顺德大晚乡人，同盟会员，历任《民生日报》《自由新报》《大声报》《中国日报》主笔。中华民国成立，任广东省临时议会副议长，南京临时政府参议员兼财政委员。二次革命失败后，与唐绍仪集资办保险公司。1917年随孙中山南下护法。1922年出任农商总长，旋去职。1924年任浦信铁路督办。1926年晋升司法总长，不久辞职。有著作《美国宪法史》《不彻底定理》等。"

卢信对官场的做派失望，于是彻底远离，投资地产在江苏路一带，包括整条928弄和910弄的一部分，另有愚园路当今火热的弘基创邑的洋房，外加沿线的地产。现在大部分洋房被推倒，位置太好，觊觎，向空间索取，以新的高层取代，两栋畅园就是。

小华回忆，公私合营时期，地产的大部分就变私为公了，给了卢家叔伯兄弟俩，一家一幢楼，再加弄堂底的一排汽车间，大概有4间。其中一间给以前看弄堂，免租住着。之外的两栋大宅，仅划出楼后面3间汽车间，仍属卢家的财产。小华说，记得常常在过年的时候，去里面拿衣料等存货，给我们做新衣服，其中一间房，堆满古董书画铜钱。"文革"时候，就到那里边去取铜钱，送到废品回收站换钱，去买酱油等食品，真是穷到可怜了。

再后来，卢家被扫地出门，小华跟爸爸妈妈哥哥弟弟住到镇宁路的一栋房子的底楼，尽管命运多蹇，他哥哥还是喜欢自己装音响，玩扩大机，把低音贝斯做得很震荡，邀请我去欣赏，革命歌曲，照样有迪斯科的味道，里弄干部也无话可说。

小华是和平中学耀眼人物，经常有男孩子想接近她。她属68届，一片红，无可奈何，去安徽来安县大英公社插队。历尽周折，小华后来长居旧金山。2023年9月，她和我在墨尔本有一次见面，感慨今昔之变。我问她，江苏路一带的房产，现在有说法吗？她说大部分已经拆了，仅剩的一些，以前管理部门曾经提起，有些手续在进行，后来又有变数。不过，卢家成员众多，即使要回来了，怎么分，也是大问题，算了。

肯定有朋友好奇，小松和小华的关系。我的回答是，他们爱过，一直保持着友谊，至今仍然是非常好的朋友。


小华母亲一系姓洪，说起来，小华亲舅舅洪君彦，北京大学教授，系主任、北大美国问题研究中心副主任，也是洪晃的父亲，洪晃和小华是表姐妹关系。1973年中美开始接触，大幕关闭良久，国家紧缺外语人才，高级口译后继无人，洪晃与另外三名小学生，一起被派往纽约，做小留学生，先后在纽约红房子小学和伊丽莎白厄温高中上学，让他们熟悉美国的语言、行为举止、生活方式。

很长一段时间，离江苏路一步之遥，小松在上海破败的家，是我们一伙聚集的场所，经常有些有趣的朋友出现。封闭时代的图书，是梦寐以求的宝物，陈珏出现了，他可以搞到最新出版的内部图书，包括像《摘译》这种当时不定期出版的内部刊物，是一帮下放在干校的老头子，奉旨的译作，可以领略时下西方和苏联文学之豹斑。还有《你到底要什么》《多雪的冬天》，文笔之优美，远超早期译笔的翻译腔。每一篇文章前，必然附上一篇批判文章，什么资产阶级修正主义彻底批判云云。美国畅销小说《爱情故事》，是宣扬美国有反叛精神的青年，最终与大资产阶级和解。好像这些小说，都包藏祸心。其实明眼人一看就知道，不打着批判幌子，这些小说就无法出炉。

比较搞笑的是，有人送来门德尔松《e小调小提琴协奏曲》唱片，需限时归还，小松和陈村两个人，乘夜色，夹着唱片，挨家挨户去寻找有唱机的人家，几次三番碰壁，就为了听三十多分钟的乐曲。小松妹妹悄悄告诉我，去渔光邨找姓段的年轻人，听贝多芬《c小调第三钢琴协奏曲》，这个年轻人据说是段祺瑞的后人。我们两个被引进一个小房间，一架三角钢琴占据了大部分空间，我们像受聆询的犯罪嫌疑人，乖乖听唱片里贝多芬45分钟教诲。唱片转起来，唱针轻轻落下，贝多芬用最单纯的旋律架构，反复铺陈，钢琴如金属高光，瞬间一闪，整个房间仿佛突然无比辽阔。现在这些音乐，打开手机就能够找到。禁忌时代，封资修，洋名古，一律是危险的，唱片没收是小事，人都可能抓起来。

朋友中，最有表演欲的是彭小莲，她那时候在江西插队，好像又在当地一个什么采茶戏剧团里混。每次看见她，短发、军裤、大裤腿，一口干部子弟的上海国语，来小松家，抑扬顿挫，讲起如何在火车上逃票，把列车长搞得晕晕乎乎。她的处境比小松还糟糕，父亲因涉胡风案，很早就吃苦头，"文革"中被打死。上海电影译制厂做俄语翻译的母亲，也饱受冲击。她每一次来，总要大家留一段时间给她，她要朗诵《人民英雄纪念碑》，"红领巾是红旗的一角，它用烈士的鲜血染成"。很长一大段，大约需要二十分钟，她角色附体，仿佛就是那个站在纪念碑前，怀念牺牲父兄的女孩。后来她考进北京电影学院导演系，成为陈凯歌、张艺谋的同学，拍了几部电影。为了追寻父辈的影子，彭小莲采访硕果仅存垂垂老矣的胡风分子，有些刚从监狱出来，有的已经成了疯子，做成纪录片《红日风暴》。很可惜，彭小莲于 2019 年因乳腺癌离世。

说起北京电影学院，"文革"结束首批招生，江苏路沿线录取的还有小松的妹妹小真。小真 17 岁开始在工厂上班，沿江苏路踩自行车去天山路。路口被人拦住，邀约谈朋友不止一次。三班倒缺少睡眠，振作起来画画，素描油画，无师自通，反正有什么画什么，给工厂同事画速写，还企图去浴室画人体。郊区风景写生，我们写生的地点，西郊，或龙华往南的乡下，有时候干脆爬在铁路沿线碉堡上取景，没有人干扰，画一片矮房的黄昏。我们开始注意云的变化，从玫瑰色到紫色层层演变，黄昏给景物留下迷人的暗橙，时间很短，需要飞快地记录。我们经常会弄得手上衣服上全是油画颜料，她根本不在乎。小真衣着简单，无拘无束，行为率性，说话大声，她跟人抢白，赢面百分之九十五。我给她外号"蛮婆"。我们画画，

小华的祖父卢信（右）与孙中山合影。他一度是孙中山革命理念的吹鼓手

陈村经常捣蛋，煽动周围的人，不要给我们做模特，还自说自话，油画颜料涂一个红色圆圈，号称落日，被人说他画得最好，煞了我们的风景。

背后的小真是沉默的，每个月，在允许的时间，给狱中的母亲送衣物，她也从不跟周围的人说。小真自嘲，小时候就被家里人说成"三棍子打不出一个闷屁"的小姑娘。小姑娘见过大人物，60年代初，总理和外交部长兼元帅到她家做客，留影，小真挤在两位的中间，她给我看这张照片。小真电影学院毕业后，去美国旧金山留学，后来斯皮尔伯格导演的电影《太阳帝国》来上海取景，小真随摄制组当导演助理。2008年北京奥运会，她又成为美国最大的电视转播机构 NBC（全美广播公司）的中国事务协调人。前前后后也导演了几部电影。

几十年后，我们在陈村的客厅再次见面，三个人，好像什么都没有发生一样，嘻嘻哈哈，陈村抽烟，小真陪他也抽一支，淡淡烟雾腾起，她笑起来笑靥很深，和17岁时别无二致。回想起我们一起干过的坏事，我们躲在小真家三楼的阳台上，朝路人放烟火——一种小小的尾巴上带一根竹丝的鞭炮，点燃后一连串火星，窜到正在谈朋友的年轻人脚下，"嘭"的一声，吓人一跳，我们躲在围墙后面一声不吭，为恶作剧得逞开心闷笑。

下雨的外滩情人墙，一对对男女紧挨在一起，我们教一个小男孩——小真的四岁外甥，去拍情人们的背，恭恭敬敬奶声奶气地说："叔叔阿姨，我给你们讲一个一顶伞的故事。"情人们从愕然到莞尔。

这种开心和无伤大雅的玩笑，就像我们的青春，过去了，不会再有了。

# 江苏路人物小传

**萧芳芳**

原名萧亮，1947 年出生于江苏路 284 弄安定坊 1 号（90 年代江苏路拓宽时拆除），2 岁时随父母迁居香港，7 岁即出演电影，因活泼可爱，靓丽逼人，成为家喻户晓的童星，演艺生涯持续至 90 年代后期。1995 年凭《女人四十》获香港电影金紫荆奖、香港电影评论学会大奖、柏林影展银熊奖及台湾金马奖最佳女主角奖。萧芳芳曾经与台湾男星秦祥林有过四年婚姻，第二段婚姻与亚洲电视行政总裁张正甫，直至 2022 年丧偶。

**阿立头**

原住江苏路 303 弄四德邨（现已不存），阿立头家兄弟个个以绘画见长，阿立头排行最小，同样对西洋绘画颇具心得。少年时肤白体态细长，长宁游泳池，常以穿条鱼方式入水，人见人爱。借我"英国少女"石膏像练习素描，一月后，面带愧色，说石膏像已经损坏。成年后大学毕业赴美，自嘲"迎风面太小"，经常错过机会。如今窄脸流行，又得时之风。阿立头阅读广泛，对时下文艺作品，常有讥诮，不乏精辟之语，知名女编剧、女导演一度都是他的拳拳听客，恐有片言遗漏。可谓，成功的女人，背后必定听从了老练的男人。

**为林**

江苏路硕果仅存妙人，常以女式自行车代步，骑姿独特，放低座位，脚板外八字跷起，后跟用力，手扶车把，有如哈雷帮妍态。寒冷季节，无论时代变迁，中式棉袄，羊毛围巾，9 字形缚于颈项，目光厌世，红尘皆不入眼。为林语言滑稽突梯，穿凿附会出人意表，酒足饭饱之际，妙语淋漓，常常令人捧腹，上自国际传闻，下至坊间事物，同席听众，女士无不花枝乱颤，男子无不喷饭。可惜天不假年，为林不满 76 岁，即匆匆离世。

## 姜庆申

原住江苏路 285 弄，机器厂工人。与画界名流来往密切，唐云、俞云阶受其邀请上门，皆备酒菜款待。姜庆申领我去太原路俞云阶住所，有幸亲见油画《稻草鸡窝》和其太太朱怀新大幅花卉。风云骤起，姜庆申戴起红色袖章，于岐山邨内某指挥部驻守。工总司失势，厂里一派嫌其多余，让其支内，敲锣打鼓上门，大红喜报贴到门上，其实就是赶人出沪，要迁其户口，姜庆申撕掉红纸，坚决不去内地，就此算自动离职。姜庆申靠其在绘画与文物方面的人脉，进展览中心做文物生意，如鱼得水。可谓：上帝关了门，又开了 window。

## 林懿

女，距江苏路一步之遥，愚园路 1039 号（原上海法国银行总裁冯莫里居所），愚五幼儿园任出纳。1993 年 2 月 10 日，26 岁林懿面对一群陌生人，面带女性羞赧，被带上车，这是她最后一次凝望蓝天。

林懿十八岁时，遇流氓孙晋国，以为遇见白马王子，为了讨好孙某，不断供其挥霍，买了雷达手表，变速单车，两人经常出入高档酒店。长此以往，入不敷出，林懿以出纳之便，克扣幼儿餐费，前后 7年，共计将 16 万元纳入荷包（80 年代末可谓天文数字），被判死刑。

告别人生，林懿穿上她喜欢的衣服，一切为时已晚，那个男的，只判了七年。可谓痴情女误遇渣男，最后葬送自己。

## 外国人

江苏路真假外国人故事流传已久，姑隐其名，简称"长脚"。

长脚在东诸安浜探伤机厂做工，高鼻深目，身材魁梧，一头棕发卷曲，十足欧美猛男。传其父为英国人，与其母有一面之缘，诞下长脚。长脚由姨母抚养至成年，因其长相备受歧视。物资拮据时期，损友挟长脚冒充外国人，骗过友谊商店门卫，欲购紧俏特供商品，事败，被传回单位。又因与女朋友未婚先孕，为那个时代所不允，屡受领导批评。1976 年后，世风渐开，电影电视剧拍摄，急需外国人形象，长脚因其相貌，炙手可热，在众多影视剧中扮演外交官、神父、鸦片贩子，一时应接不暇。可谓失之东隅，收之桑榆。

## 杨寿林

原住江苏路 480 弄月邨，1946 年，34 岁的杨寿林，受招急赴日本东京，任中国政府委派法官梅汝璈的助理，参加远东国际军事法庭，审判日本甲级战犯，与其他中国法官和检察官一起，历时两年多，共同起草 300 多页起诉书，为中国清算日本甲级战犯的罪行。1948 年 11 月 12 日法庭宣布，判处东条英机、广田弘毅、土肥原贤二、板垣征四郎、松井石根、武藤章、木村兵太郎绞刑。

## 潇洒人

愚园路 786 号，现为长宁区妇幼保健院，原先是一座兵营，门口有士兵站岗，进出都是正装军人，普通人严禁随意进入，偶尔，操场上放映露天电影，对附近一带小朋友网开一面。唯有一个走路一磕一磕的中年男子出入而无人阻挡。此人皮肤黝黑，谢顶的头皮发亮，下巴有几撮稀毛胡子，衣服以褪色的旧军装为主，吃饭就在军营食堂，晚上有专门的床铺。此人长期在江苏路沿线游荡，除了在商店门口有短暂停留，从不与人搭话，也不骚扰众人，大家都知道他住在军营里，小流氓也没有兴趣，招惹一个意识模糊的人。传此人原先入伍，被大炮震成失智。也有传此人父亲为某处领导。拮据时期，谢顶男子不愁衣食，也不用上班干活，谓之潇洒人也。

## 俞颂华

原住江苏路 480 弄月邨。新闻界前辈。有"有德有言不朽，无党无派以终"之誉。俞颂华（1893—1947），江苏太仓人。早年就读于上海澄衷中学和复旦公学（复旦大学的前身）。22 岁赴日本留学，回国后，于 1919 年 4 月出任上海《时事新报》副刊《学灯》的主编，倾向社会主义理论。1921 至 1924 年，赴柏林，任北京《晨报》和上海《时事新报》联合特派记者。1932 年，应《申报》史量才之邀，创办大型综合杂志《申报月刊》（每期达 300 页）并任总编辑。1941 年，中国民主同盟《光明报》创办，俞颂华任总编辑。1945 年起，俞颂华担任国立社会教育学院新闻系主任。1947 年逝世于苏州。

## 俞彪文

原住江苏路 480 弄月邨。俞颂华之子。1948 年毕业于上海沪江大学，入中央信托局从事保险业，1949年受中共指派前往北京，23岁受邀参加开国大典。参与创建中国人民保险公司，担任中国人民保险总公司办公室副主任，在制定保险政策和业务规章方面有贡献。保险业一度被认为是资本主义产物，社会主义不需要保险，致使业务发展时起时落。1957年，因表达对保险业不同意见，被划为"右派"。同年7月22日，含冤去世。1979年，平反昭雪。

## 张惠华

原江苏路796号大洋房管家。20世纪20年代，自麦加利（渣打）银行租下江苏路这栋英式豪宅，作为襄理住所开始，张惠华的父亲张海根就是这里的管家。据传，张海根原为跑马厅管事，因粗通英语，办事牢靠，严守规矩，为麦加利银行看中，授予管家权限。老人年迈，由儿子张惠华接班，张惠华外号张胖子，与妻子一起，负责整个豪宅的看守，包括协调设备维护和保洁，安排大厨管理膳食，招呼园丁，为8000平方花园割草莳花。银行襄理职位，平均每三四年更替一任，如走马灯，张惠华相反，原地不动。管家头衔领受至50年代，银行撤出上海为止。

## 朱彩玲

江苏路367号长宁沪剧团演员。80年代中期，进入剧团，排练厅即在原长宁图书馆楼上。当年正值沪剧最后一波高潮，朱彩玲一时成为台柱，又因钢琴、扬琴、二胡、爵士鼓皆能上手，风头远胜其他演员。朱彩玲曾经与周立波搭档出演《麻将夫妻》，还参与《原野》《母与子》《少奶奶的扇子》等演出。随年月增长，沪剧观众逐年流失，朱彩玲淡出舞台。2012年突然出现在"中国达人秀第四季"，演唱沪语版《不要怕》，惊艳一时。

## 孙大平

原住江苏路285弄。大平从小体弱多病，其母亲回忆，因容易流产，怀大平时，绝对卧床，大平成为八个月的早产儿。长此以往，大平便以装病见长。当年为了保留上海户口，大平去地段医院体检，必定口含热水，制造发热假象，但水温不能掌控，体温忽高忽低，大平灵机一动，将热水瓶软木塞藏于内袋，见护士暂离，以软木塞提高体温刻度，百试百灵。大平挤时间学习日语，借宝钢做日语文件翻译，颇得上司赏识。后又在街道所属洗衣机厂，翻译日文技术资料度日。为了混长病假，大平吃曹家渡著名"鸡鸭血汤"，借排泄物红细胞数据，断定为胃出血，最厉害时，达到夸张无比的四个＋，成为非常时期的笑谈。

## 酱油四眼

原江苏路296号酱油店老板。60年代，江苏路西侧一排街面房子，连续单开间，牙医诊所，西药房，卖炒货的，做各种生意都有，店堂后半部分，大多吊了阁楼。小小酱油店挤在其中，老板蓝色中式对襟衣服，高度近视，面相阴冷。附近居民暗地里叫他"酱油四眼"。他家的老头近视得更厉害，递上去的钞票，仿佛不是用眼睛看，而是用鼻子闻，闻完正面闻反面。零拷酱油，半天对不准瓶口。奇怪的是，三开间门面五丰油酱店，距其不足50米，一直是居民第一选择，他也能在此混下去。谁知，工商所上门检查，结论是老板在酱油、黄酒内掺水，取消营业资格。酱油店从此关门，老板全家逃回乡下。

## 林小开

江苏路愚园路口，钟表店林老板的小儿子是跷脚，这让林老板很不放心。林老板死在"文革"前夜，心梗。除了留下江苏路月邨的一栋大宅，还有一百多只古董手表。

跷脚儿子是见过一点世面的，不过也仅限于江苏路愚园路一带，他的朋友包括这一带几个出名的小开，大隆机器厂严老板的孙子，渔光邨里任家的三儿子和宏业花园段家的儿子，段家是段祺瑞的后人，至于是第几房就连户籍警也搞不清楚。小开们一人一辆簇新的蓝翎牌脚踏车，在江苏路上也算是一道风景，林小开喜欢骑脚踏车，是因为此时他的身体获得了难得的平衡，他只用一只健全的右脚，动作异常灵活，刚把右侧的踏脚板踩下去，又用脚尖顺势勾起来，循环往复，速度飞快。

林小开的脚踏车一进弄堂，躲在转角后面几个皮小囡就一起叫起来："阿跷，阿跷，屁股有大小，走起路来有技巧，出口转内销。"这一度让林小开非常恼火，揪牢一个流鼻涕的光头，一个毛栗子敲上去。从此小孩叫得更凶，也逃得更快。

在上海，弄堂即阶级，江苏路月邨这样的花园洋房弄堂，出入一向是体面人家，只有北面篱笆墙后面，靠西诸安浜一带，黑压压一片矮平房，紧贴月邨，比较破相。

林家的钟表店在公私合营以后一度经营得还可以，照样卖瑞士的名表，也卖苏联表，但是愚园路一带的上海中产阶层对"罗宋货"总是有点轻蔑，亮出手腕的，起码也是英纳格。林老板明白，生意要靠市口，江苏路愚园路上有钞票的人家多，正正经经做，生意是做不光的。

江苏路愚园路一带，花园洋房和新式里弄一片片延伸，豪宅和大屋隐约其间，连区政府、公安局、法院、工人俱乐部、少年宫、医院、邮局用的都是沿街一带没收自敌伪的花园洋房。要说有钞票的人家，林老板都数不过来，江苏路口，属于卢家的英式独立花园洋房就有好几幢，更不要说王伯群这类国民党高官的巨宅。有一点，林小开比林老板知道得多，就是附近的文化人，比如张爱玲就一度住在东头的常德公寓，张爱玲的父亲、后母、弟弟则住在中段的江苏路北侧，三人先后在此死去，前两年，林小开还看到张爱玲弟弟张子静踉踉跄跄到街口买葡萄酒，那张脸和晚年的张爱玲一模一样。至于林小开青春期所追的偶像明星，是住在岐山邨的祝希娟，那时候，《红色娘子军》刚刚上演，为了撞见上唇有一颗黑痣眼睛里充满野性的祝希娟，他在愚园路岐山邨弄堂口一等就是老半天。

林老板的顾客中有几位是他所敬重的，其中一位是住在安定坊的傅雷先生，傅先生给太太朱梅馥买过一只瑞士宝路华表，方形女装，金表带，傅先生一口南汇话，很客气，临走还连声说"交关谢谢"。林老板有一张法文手表说明书，请教傅先生，两天后，傅先生就拿来了抄写得工工整整的译文。在林老板死后的一年里，傅雷和朱梅馥也死了，他们是一起死的。

林小开后来的生活有过一些变化，由于他是跷脚，他留在上海的理由变得十分充足，他没去过新疆军垦，也没去过安徽插队，林老板留下的房子保存着，月邨的房子旧了，地板松脆，像奥利奥饼干，墙壁起壳，像苏式月饼。

林小开对离开江苏路并没有兴趣，最最主要的原因是下意识的，他喜欢看市三女中成群的女学生从街边走过，那些女孩子发育良好，营养充足，很多时候，他呆看着，直到学校的大门关上。

80 年代，林小开已经没有一点点小开味道了，他终于娶了五龙池浴室擦背师傅的女儿陈莉莉做妻子，陈莉莉的父亲，正宗扬州擦背老法师，老浴客都领教，敲背手法一流，噼噼啪啪的节奏，伴随嘴里的扬州小调，让人浑身舒坦。据说，诸安浜汪家弄几个黑道人物，也是老陈的常客，招呼得好，有赏钱。镇压反革命的时候，警察来调查，唯一的怀疑，老陈手臂上有刺青，旧社会，拜个老头子，手上画条龙，也仅仅为了混饭吃，的确没老陈什么事。

　　陈莉莉继承了苏北人的爽脾气，进门的第一天就问起林家的一百多只古董表，让林小开吓了一大跳，林小开隐隐约约记得母亲说过，1966 年在月邨花坛里埋过要紧的东西，她忘了埋在哪一个花坛下，拆房子的时候母亲已经去了香港十几年，这件事让林小开难过了许多天。

　　后来，陈莉莉为林小开养了一个儿子，没有患小儿麻痹症，很健康。

图书在版编目（CIP）数据

上海江苏路往事 / 黄石著 . -- 上海：文汇出版社，2025. 3.
-- ISBN 978-7-5496-4441-4
Ⅰ. I267
中国国家版本馆 CIP 数据核字第 2025WS2059 号

---

上海江苏路往事

著　　者　黄　石
策　　划　朱耀华
责任编辑　徐曙蕾
建筑摄影　傅沁芳
装帧设计　张志全

出版发行　Ｗ文匯出版社
　　　　　上海市威海路 755 号
　　　　　（邮政编码 200041）
照　　排　南京理工出版信息技术有限公司
印刷装订　启东市人民印刷有限公司
版　　次　2025 年 3 月第 1 版
印　　次　2025 年 3 月第 1 次印刷
开　　本　890×1240　1/32
字　　数　168 千（照片 69 张）
印　　张　8.5
印　　数　1–2500

ISBN 978–7–5496–4441–4
定　　价　58.00 元